Les Éditions du Boréal
4447, rue Saint-Denis
Montréal (Québec) H2J 2L2
www.editionsboreal.qc.ca

LA FUITE IMMOBILE

Gilles Archambault

LA FUITE IMMOBILE

roman

Boréal

Les Éditions du Boréal remercient le Conseil des Arts du Canada ainsi que le ministère du Patrimoine canadien et la SODEC pour leur soutien financier.

Illustration de la couverture : Pierre Lefebvre, *Intérieur vénitien* (détail), huile sur masonite, 1993. Galerie de Bellefeuille.

Diffusion au Canada : Dimedia
Diffusion et distribution en Europe : Les Éditions du Seuil

Données de catalogage avant publication (Canada)

Archambault, Gilles, 1933-

La Fuite immobile

(Boréal compact ; 111)
Éd. originale : Montréal : Éditions de l'Actuelle, 1974.
ISBN 2-7646-0014-3

I. Titre.

PS8501.R35F8   2000   C843'.54   C99-941832-7
PS9501.R35F8   2000
PQ3919.2.A72F8   2000

À Jean-Guy Pilon, qui accepta
de publier ce roman

Je suis avec vous tous
Je suis votre peur de la mort.

ARMAND ROBIN, *Le Monde d'une voix*

Julien avait toutes les apparences d'un touriste. Pas lents, regards apaisés, soucis abandonnés. Non, mais vous parlez bien de Julien, fils de Paul, qui, ses études achevées, s'est hâté de quitter le quartier ? Nous ne l'intéressions plus peut-être ! Il marchait nonchalamment, c'est cela, comme si le temps valait qu'on le perde, le long de la rue Saint-François-Xavier ou ailleurs. S'attendait-il à découvrir un *French restaurant* méconnu, lui, publicitaire de Houston, au Texas, esprit curieux, amateur de bonne cuisine, cherchant à Montréal le Paris de ses vingt ans et l'amour d'une jeune Québécoise écervelée ? Américain, hollandais ou italien, Julien était tout ce qu'on voudra, se comportant comme n'importe quel journaliste que l'on salue dans un bar du Village ou à une conférence de presse des Nations unies, tout aussi anonyme. La grande noirceur des capitales. On a gommé ses origines. Il ne reste plus rien en soi du coin qui vous a vu naître. On le croit volontiers. On s'en inquiète parfois, mais on finit par se dire que le passé n'est que le passé. Ne jamais, sous aucune considération, déchirer le voile. L'adolescence surtout qu'il faut oublier, la risible adolescence, sinistre et boutonneuse. La vie vous échappe de partout. Des petits pas d'homme au-dessus de toute préoccupation. En sursis. Rupture. Une fois encore, j'ai rompu avec Laurence. Je n'en pouvais plus d'une présence qui me gênait, qui me renvoyait une image périmée de l'être que je suis. Rupture suivie d'un mois de solitude absolue, sans le caquetage habituel de la salle de rédaction ni la promiscuité de la vie à deux. Seul, vous dis-je, à contempler le plafond craquelé d'une chambre en plein Montréal. L'exil à portée de la main. Comme il avait été simple de produire ce certificat médical qui vous permettait une halte dans votre existence ! La certitude que vous aviez de tourner en rond dans votre métier, les petits textes sur l'actualité littéraire, les livres que vous aviez écrits dans l'indifférence générale, oh ! vous le saviez, tout ce temps, le mal venait de plus loin, l'appréhension de la mort, la timidité devant la vie, les poussées d'indifférence vis-à-vis de tout. Vous, jadis, tellement capable de dynamisme, écrivant avec un si bel entrain, comme si l'écriture pouvait vous délivrer de l'angoisse, vous, réduit à cela ! Un mois de solitude factice. Rasé de frais, le col ouvert sur un tricot écossais, c'est l'automne qui s'installe déjà, je suis un amoureux sans femme, un écrivain sans œuvre et l'angoisse, que j'évoque à tout propos, plaignard impénitent, sempiternel complaisant, je ne suis pas sûr de savoir ce que c'est. Mais si ce n'était, après tout, qu'un malaise de riche ? Tu sais, un caprice qui s'installe en toi, t'assiège, un peu comme le besoin de prendre l'avion à destination de San Francisco ou Paris pour un voyage éclair que ne commande pas ton travail. L'aisance, quoi, le manque d'obligations pressantes. Tu n'en peux plus tout à coup de vivre avec elle, toute promiscuité t'incommode, surtout la sienne, sa douceur t'agace, qu'elle te laisse en paix, ce n'est pas beaucoup demander, non, tu ne veux que faire retraite. Pas de lectures sérieuses, l'écoute systématique de la radio, surtout ne parler à personne. Laurence rayée! Tu en as fini de sa mythologie, du monde vu par elle, du cheminement à deux, vivement la solitude! La femme aimée dont on se détache à intervalles réguliers et vers qui on accourt avec une obstination d'alcoolique! Pas bâti pour l'amour, c'est évident. Vous en connaissez des gens qui…? Si au moins j'avais la fidélité physique, même pas, je fuis, bizarre, taciturne et volubile, indifférent et passionné, celui que les élans de vitalité suivis de retombées brusques n'inquiètent plus. Le navire a perdu ses amarres à tout jamais, c'est entendu, ne pas s'attendrir! Un peu mêlé, le Julien, conscient d'être malgré lui le chantre des valeurs bourgeoises en vertigineuse décadence, qui vogue à la dérive dans ce Montréal des années soixante-dix, entraînant à sa suite une femme qui s'est soudée à lui. Tendresse à jets continus avec la compagne de sept années, réconfortante détresse; non, ce n'est pas rue Saint-François-Xavier que je marche, mais nulle part, et je ne suis pas sûr de marcher, j'accueille le vide, c'est à crier d'énervement. Son fils vient la voir, toutes les semaines, lui dit parfois que le temps de son enfance n'a pas été si pénible malgré tout. Elle lui demande s'il est heureux, il se contente de la regarder en souriant. Elle aurait aimé qu'il se remariât, pour la sécurité. Faudrait le secouer, se dit-elle, lui rappeler la chance qu'il a de vivre avec une femme comme Laurence. Bien sûr, elle n'en fait rien, se contente de lui poser des questions indifférentes, c'est plus facile. Touchante rue Saint-François-Xavier, décor d'opérette — et la rue Saint-Paul alors avec ses pavés retrouvés — notre portion du Vieux Monde, c'est l'automne, les touristes se font moins nombreux, elle redevient à nous, notre Histoire, peu à peu, mes pas sur les feuilles mortes, est-ce bien Nicole que j'attends ou cette personne, n'importe laquelle, qui me permettra de renouer avec la vie? Ma vie, ma conscience, moi, il en faut tout un culot pour s'imaginer que ses rêveries ont de l'importance, même pour soi! Laurence était devenue de plus en plus fragile, avec dans le regard une lueur de bête traquée. Il était évident qu'il la ravageait, qu'il creusait en elle le sillon de l'angoisse, c'était si naturel, n'est-ce pas? Une idéaliste qui oubliait trop facilement le rôle dévastateur du temps sur eux. Comme si l'amour, le mélodrame toujours, pouvait être immuable. Le goût qu'il éprouvait souvent de lui crier de déguerpir à tout jamais et loin! À peine suffisait-il qu'elle porte une jupe à carreaux trop évidents ou qu'elle fasse des manières avant d'accepter une sortie pour qu'il entre dans une folle exaspération. Et les complications pour l'amour, parlez-m'en! Il claquait alors les portes avec une ardeur juvénile, en jurant avec une conviction très populaire. Où donc était passé le journaliste impeccable qui se faisait une montagne de la moindre incorrection, le maintien vestimentaire, l'écriture à plastron, les scrupules de tous ordres? Elle ne le reconnaissait plus, sa violence lui faisait peur. Ce qui m'inquiète, vous le dirai-je assez, c'est mon goût de la retraite, comme si vivre m'épuisait, je crains tout ce qui ressemble à du vieillissement, pensez à mes livres, n'ai-je pas assez crié mes peurs, seule importe la présence de la mort, cauchemars hideux, chairs déchiquetées, pourrissement, destruction de la conscience. La belle consolation alors d'avoir été un écrivain, d'avoir accédé, seul parmi tant d'autres de sa classe, à un état de vie qui permette la réflexion! Se tenir debout jusqu'à la fin, ne jamais accepter d'être une loque. Plutôt se détruire que d'être diminué, se lancer, au besoin, devant une auto comme celle qui passe à si vive allure dans cette rue étroite. Des promesses que l'on se fait à soi-même, au petit matin, alors que le sommeil ne vient pas. La vie, le seul bien, nous sommes loin du désabusement, nous voudrions tant que cela durât plus longtemps, même aux pires moments, souvenons-nous! La vérité est celle d'une lente agonie que l'on essaiera de prolonger le plus longtemps possible, tubes dans le nez, odeurs repoussantes, souvenirs brouillés, personnes rencontrées que l'on n'identifie plus, les plaisirs ressentis qui s'estompent dans une nuit opaque, parcelles d'absurdes regrets et ces émotions inutiles qui font de vous l'objet de la plus monumentale duperie.

Dans la famille, il en est sûr, on a toujours craint pour son équilibre émotif. La famille, c'est-à-dire sa mère et Nicole, avec qui il a rendez-vous. C'est elle qui l'a tiré de sa torpeur. Elle devait se dire qu'à vivre seul il finirait dément comme son père. Était-il vraiment normal de s'enfermer dans une chambre, sans aucun contact avec l'extérieur? Lorsqu'il n'en pouvait plus de rêvasser en univers clos, il partait en trombe vers le Maine ou le Vermont, d'où il revenait, quelques heures plus tard, apaisé, content de son inaction. C'était comme si le temps s'était arrêté, comme si le vide qu'il constatait en lui l'avait rasséréné. Nicole ayant laissé plusieurs messages, il avait fini par se rendre à son insistance. Puisqu'il lui fallait retourner à la vie, son congé se terminant, pourquoi ne pas passer par elle?

— Je suis en retard. Excuse-moi.

Il l'embrasse avec application. Nicole, c'est la petite sœur, celle qui pleurait la nuit, croyant voir des fantômes, qui à près de trente ans dort encore avec des poupées. Il l'appelle parfois « Coco », un diminutif qui lui va bien, aussi incisif qu'elle. Elle a des joues rondes, des yeux qui s'écarquillent à la moindre provocation.

— Il y a longtemps que tu m'attends?

Julien hausse les épaules. Nicole parle de Mireille. Leur mère ne semble pas vieillir. À soixante-cinq ans, elle s'occupe toute seule de la marche de la maison, astique les sols, lave murs et plafonds, tous les printemps, et refuse qu'on l'aide. Il semble étrange à Julien de parler, de s'adresser à quelqu'un. Coco est en verve, prise tout à coup d'un fou rire qu'elle ne peut réprimer. Elle donne parfois l'impression qu'elle va s'écrouler, ses histoires de cœur la laissent chaque fois meurtrie, on jurerait qu'elle ne s'en remettra pas. Au bout de quelques jours pourtant, elle réapparaît avec un enthousiasme délirant.

— Tu étais vraiment libre, au moins? demande-t-elle, pendant qu'ils pénètrent dans ce restaurant où Julien a ses habitudes.

— Je n'ai pas été d'une activité débordante, ces jours-ci.

— Comme tu ne me rappelais pas…

— De toute façon, il est terminé, le temps de la réflexion.

— Tu as dû en régler, des choses?

— Et toi?

— Quand ta sœur baise, tout va. Elle baise, alors! Mais, c'est pas sérieux, ce que tu as fait là! Nous étions plutôt inquiètes, surtout Mireille. Ta petite maman, Julien! Elle aimerait bien te voir. Louis aussi voudrait te voir, même moi…

— Louis?

— Je l'ai vu par hasard. Complètement noir. Il paraît que toi seul peux l'aider.

— Moi, l'aider?

Louis, frère cadet de Mireille. Théoriquement, l'oncle Louis, mais de deux mois son aîné. Ils ont grandi ensemble, ont connu une adolescence commune, puis la vie les a séparés. L'un fréquentait la faculté des lettres; l'autre, les cours de triage des chemins de fer nationaux.

— Je te transmets le message. Il se sent nostalgique, peut-être.

Un malaise. Comme lorsqu'il lit que des ouvriers en grève doivent rentrer au travail malgré eux ou que des assistés sociaux font la queue devant des fonctionnaires. Un malaise et, pour quelques instants, dans la bouche, un goût de trahison. Le monde ouvrier dont il s'est détourné progressivement au profit de cette moyenne bourgeoisie, vaguement intellectuelle, avec laquelle il ne s'est jamais senti de plain-pied. Il a tourné la page et Louis réapparaît, mal à propos. Une faute de goût. On ne vient pas bouleverser une existence protégée comme la sienne.

— Un peu bizarre, tu ne trouves pas?

— Tout à fait normal, au contraire! Mais on dirait que tu as peur.

— C'est ma conscience bourgeoise qui a mal.

— Voyez-vous ça? Toujours du côté des opprimés, mon beau Julien? C'est à ça que tu réfléchis dans ta solitude?

— Un peu, oui.

— C'est pas brillant! Et Mireille qui craignait que tu

ne te flambes la cervelle! Je lui ai dit de ne pas s'en faire, que tu as peur des armes et des courants d'air, mais je ne l'ai pas convaincue. Si je ne t'avais pas téléphoné vingt fois, tu serais toujours entre tes quatre murs, du reste…

— Et si je ne t'avais pas rendu ton appel?

— Tu serais encore plus mêlé, c'est tout. Mon grand frère, mon guide, la méditation ne te porte pas chance!

La serveuse s'est approchée. Le cérémonial commence, vite expédié, malgré les hésitations de Nicole à qui il faudrait des heures si on ne la bousculait pas.

— Julien, tu devrais apprendre à relaxer. Si tu te voyais l'air! Tendu, nerveux. Il faut que tout t'arrive à point, pas de contrariétés! À la place de Laurence… Comment est-elle?

— Je ne sais plus.

— Rompu?

— Si tu veux. Enfin, je suis parti.

— Encore?

— Il faudrait tirer un trait, j'en suis incapable.

— Ça te plaît, hein, les histoires d'amour qui s'éternisent? Sais-tu ce que je te souhaite, c'est qu'au moment où tu veuilles revenir, elle ne soit plus libre! Voilà qui te secouerait!

Arrivée des escargots. Nicole est déjà toute gourmandise. Julien sait qu'il mangera à peine. Après des semaines de frugalité, il serait bien incapable d'imiter sa sœur, dont les yeux brillent déjà de convoitise. Le bel enthousiasme qu'elle a, son entrain, son plaisir à vivre!

— Si je pouvais seulement rencontrer un homme

qui ait mon énergie! Claude est bien gentil, je l'adore, mais parfois il me déçoit. Où sont-ils donc les vrais? Ils te font l'amour une fois ou deux et ils ont besoin d'une nuit pour récupérer! Qu'est-ce que t'as? Je parle trop fort?

— Mais non!

— Avec l'addition que tu devras régler tout à l'heure, *anyway,* je me demande pourquoi je ne crierais pas. Le Vieux-Montréal, laisse-moi rire! On nous les fait payer, nos pierres historiques! C'est vrai que toi, t'as les sous. Surtout proteste pas! Je t'aime bien comme tu es. Parle-moi pas d'un petit révolutionnaire à la con qui peut pas amener sa sœur dans un bon restaurant! Ces escargots sont sublimes, et la sauce! Qu'est-ce que t'attends pour manger? Passe-les-moi si tu n'as pas faim. Dire que Louis tient absolument à te voir! Mais tu n'existes même pas, tu vis dans le rêve. Regarde-toi, la vie ne t'atteint plus, tu ne manges pas, tu ne bois pas. Dépêche-toi, le temps passe.

— Je m'en rends compte, figure-toi.

— Tu vas écouter Louis, apparemment très attentif, tu vas lui chuchoter quelques phrases pour qu'il ait l'impression que tu es présent, mais tu seras très loin de ce qu'il va te raconter. Un peu comme maintenant, non?

Elle le regarde avec dans les yeux une vivacité qui le réchauffe. Repoussant de la main son assiette, elle lui touche le bras.

— À quoi penses-tu, Julien? À Louis? L'idée de cette rencontre ne te plaît pas beaucoup, hein? Vous étiez pourtant inséparables à l'époque, d'après Mireille.

— Qu'est-ce que tu veux que je lui apporte?

— Ta mauvaise conscience, mon Julien, songe à ta mauvaise conscience! Ça ne te tente pas, un retour au peuple? Pour une fois, une seule fois. Il est bien mal en point, tu sais. Ça fait des années qu'il aime une bonne femme. Elle a décidé de le laisser tomber. Marianne Langevin, tu la connais, une grande fille, cheveux noirs, avec des seins comme ça!

— Je m'en souviens très bien. Elle tournait déjà autour de Louis.

— Il ne dort plus, se nourrit mal, boit sans arrêt. Et quand il a bu, il parie sur des chevaux. Tu vois le genre. En plus, sa Marianne est mariée.

— Tu sais où je peux le joindre?

— Le meilleur endroit, c'est la taverne.

Deux fois pendant le repas il a tenté de téléphoner à Laurence. La petite sœur jubile au nom de la solidarité féminine.

— Je te l'ai dit, elle a quitté le pays pour réfléchir!

Il aurait quand même été merveilleux qu'elle fût présente! Le son de sa voix, voilà ce qu'il voulait entendre tout de suite. Nicole était là, c'était la vie déjà, elle était morte de rire, parlait de sa liaison du moment, une histoire loufoque avec un jeune architecte. Elle s'amusait des naïvetés de son amant, tentant sans succès de dissimuler un certain attachement. Parfois, lorsqu'une aventure du cœur se terminait mal, elle venait pleurer chez lui, se remettre un peu avant de se lancer dans une autre histoire. Nicole qu'il ne parvenait pas encore à considérer comme une femme. Y arriverait-il jamais? Sans l'aide d'une véritable confidence s'était tissée entre eux une complicité d'une solidité à toute épreuve. Il ne savait pas la couleur de ses yeux, mais leur chaleur l'avait plus d'une fois réconforté. Le salut par les femmes, Nicole, Mireille, Laurence, les autres… Oh! la revoir sans tomber amoureux trop profondément, réussir à ne pas oublier que l'amour n'est qu'une distraction essentielle mais dérisoire, une sublime illusion, une série d'érections suivies d'affaissements, une tendresse infinie qui débouche toujours sur la solitude! La solitude sans la solitude, la vie de couple, la corvée des corvées. Pas plus que par le passé il ne parviendrait à cet état résigné, il le savait. Comment disait Mireille? Les yeux plus grands que la panse. La sempiternelle gourmandise, l'insatisfaction. Une fois encore, il se croirait en marche pour une aventure durable et intense, l'éternité, rien de moins que l'éternité. C'est le lot des gens de son espèce de ne jamais viser au transitoire. Au bout de quelque temps, lorsqu'il sentirait l'appel de ses fantômes, aurait-il la force de leur résister? Il connaissait des camarades qui tombaient périodiquement amoureux, mais ils avaient la chance d'aimer des femmes différentes. Dans le quartier de l'enfance, un garçon sortait avec une fille à dix-sept ans, l'épousait deux ans plus tard. Comme les enfants ne tardaient pas à arriver, on avait rapidement des attaches. Il n'était même pas question de s'interroger sur l'amour. On vivait ensemble une vie de problèmes, le corps de la femme se déformait, on luttait pour la survie. Si le garçon n'aimait pas trop la bière et avait le goût du travail, l'essentiel était sauvé. Les compagnons d'école primaire qu'il avait vus s'embrigader si tôt étaient-ils toujours avec leur femme? Connaissaient-ils un peu de bonheur?

— Ce que tu es bête! Tu sais très bien qu'il est normal que tu évolues dans un autre milieu. Ils ne veulent plus de toi à Côte-Saint-Paul.

— Sauf Louis.

— Ce n'est pas la classe ouvrière qui t'appelle, mais un homme, un seul.

— Oui, évidemment.

Retrouver Nicole après l'isolement imposé, c'était pour Julien retourner au climat familial qui protège. Ses racines dont il s'était coupé avec une célérité exemplaire. Quitter le plus rapidement possible la maison paternelle, la demeure du fou, ainsi qu'il la baptisait alors devant ses amis. La schizophrénie de son père ne l'avait pas marqué pourtant. Les scènes de violence, les cris, les coups même que le malade donnait à sa mère, il en gardait à peine le souvenir. Tant d'autres blessures étaient venues qui avaient tout effacé. Il avait quand même eu le temps de voyager, de transporter ses habitudes à Rome, à Paris ou à Londres, le temps d'un reportage ou pendant les vacances. Sa lucidité l'empêchait d'oublier bien longtemps qu'il était fils de petit fonctionnaire, élevé dans un milieu ouvrier. Il s'en félicitait du reste, aimant trouver dans son comportement des traces de ses origines, qui le consolaient parfois de la gêne qu'il éprouvait devant son bien-être matériel. Son appartement, sa petite MG blanche, ses costumes, ces biens qu'il avait désirés si ardemment lui devenaient un poids. Lorsqu'il voyageait seul, le bonheur lui souriait parfois sous les traits d'une splendide fille rencontrée dans un avion ou à un cocktail, intervalle sans importance dans une vie d'où seule ressortait l'image de Laurence. Rarement amant avait été plus fidèle. Il s'ennuyait rapidement en la présence de femmes dont il ne connaissait rien, sauvage comme il était, ne trouvant de charme qu'aux conversations à deux. Il n'était pas vain pour lui d'écouter de vieux disques jusqu'à une heure avancée de la nuit en remuant de noires pensées. Il se disait souvent qu'il n'avait au fond qu'une seule préoccupation, celle de ses fins dernières, ainsi qu'aimaient à le répéter les prêtres de son enfance. Oui, écouter une musique qui vous porte hors du temps, des instants où vous cessez d'être vous, où vous êtes à la fois vivant et à côté de la vie, protégé et à découvert.

— C'est pour ça que j'aimerais que tu le rencontres mon Claude, mon amant. Mais tu es dans la lune ! Qu'est-ce que je disais ?

— Tu veux me présenter ton architecte, je n'ai rien contre cette idée.

— T'es un beau salaud !

Quand on est né au Québec et qu'on a eu seize ans en 1949, c'est dans une taverne qu'on a appris à boire. Nous n'allions pas plus loin que les trois ou quatre bouteilles de bière que nous parvenions à ingurgiter en parlant de sport, qui n'avait pas de secret pour nous, ou des filles, que nous connaissions mal. Le cœur vous bat facilement, vous venez de découvrir votre premier Balzac, vous lisez dans le tramway Gabrielle Roy qui a heurté tout un quartier avec son *Bonheur d'occasion*. Gabrielle Roy que l'on accuse de jeter un œil méprisant sur le sud-ouest de Montréal. On a son orgueil après tout, soi-même on est blessé, révolté, on se masturbe avec beaucoup de dynamisme, un peu de culpabilité et l'on sait trop bien que Thérèse, si splendide dans sa robe d'été, va vous laisser l'embrasser. Un tout petit baiser, les lèvres à peine ouvertes, le corps nerveux, la main qui descend timidement à la naissance des fesses. Les garçons lui tournaient autour, même Louis. Je n'étais certainement pas le seul à qui elle permettait ces inoffensives familiarités qui me confirmaient dans ma certitude d'être homme. Jamais je n'aurais cru qu'elle pût me suivre dans ces champs de

LaSalle où il se passait tant de choses. Je ne voulais pas détruire mon émerveillement. J'avais commencé à lire, et n'en parlais pas aux copains pour ne pas les ennuyer. J'écrivais des ébauches de roman pour venger Côte-Saint-Paul de la calomnie de Gabrielle Roy. Après quelques essais infructueux, je retournais à la taverne où il faisait si bon vivre au présent, sans véritables problèmes. Les catastrophes que nous inventions n'étaient pas insurmontables, nous savions que le temps était avec nous. On pouvait encore remettre à plus tard sans paraître ridicule. La taverne La Vérendrye de notre jeunesse, l'habitude que nous avions prise d'y tenir nos assises, tous les soirs. Les frères Michaud y faisaient office de serveurs, et nous leur donnions des pourboires plus élevés pour qu'ils nous distinguent de leur clientèle habituelle. Nous n'avions pas le droit d'être admis, trop jeunes de trois ou quatre ans. Louis n'allait plus à l'école, ayant giflé le frère directeur. Il était le plus fidèle de la bande, très à l'aise avec les frères Michaud qu'il tutoyait, chez lui partout, précocement adulte. Ses costumes étaient toujours très voyants, ses cheveux gominés de façon experte. Jamais cependant il ne nous impressionna autant que ce jour où il nous fit le récit circonstancié de sa première nuit d'amour. S'agissait-il de Thérèse ou de quelque autre de ces filles que nous connaissions, nous ne le sûmes jamais. C'était une aventure si extraordinaire que même les détails triviaux qu'il ajoutait pour masquer son émotion n'en altéraient pas l'irremplaçable mystère. Cela nous changeait des échauffourées qui se déroulaient parfois à la taverne La Vérendrye, l'endroit étant fréquenté par des bandes rivales. Irlandais et francophones, des fiers-à-bras qui se criaient des injures de table en table avant d'en venir aux coups. On se lançait des bouteilles, on se rabattait des chaises sur la tête. Le plus costaud des frères Michaud finissait par s'approcher et placidement poussait les coupables à la rue, deux par deux. On le craignait. Ceux qui s'étaient frottés à lui l'avaient regretté. Lorsqu'un client éméché le menaçait, le serveur le regardait avec une telle assurance qu'il sentait le ridicule de sa proposition. Chaque vendredi soir, fidèles, les habitués se retrouvaient. Dans les débuts, nous n'étions pas braves, craignant que la bagarre ne devînt générale, mais on accepte tout. L'important n'était-il pas d'apprendre à boire à peu près comme dans les grandes familles on suit des leçons de danse ou d'équitation? Dans notre monde, on était mal vu si on ne parvenait pas à ingurgiter plusieurs verres de bière d'affilée. Pratique qui nous donnait à bon compte l'impression d'être des hommes et nourrissait notre acné si gourmande.

La salle a été rénovée. Partis, les frères Michaud. Les clients semblent plus calmes. N'y a-t-il pas toujours de ces règlements de comptes bruyants, de ces gigantesques tohu-bohu? N'appelle-t-on pas la police dans les cas désespérés? Je me sens un peu intrus. Si je n'avais pas le droit d'être ici? On ne me dira jamais que la taverne appartient à des ouvriers, à ceux qui n'ont pas trahi, mais c'est tout comme. Je suis le seul à savoir. Si on se doutait un peu de toute l'application que j'ai mise, jadis, à camoufler les attitudes qui me venaient de mon éducation populaire, on m'en voudrait tout de même un peu. Pour qu'on m'accepte ailleurs, Mireille, je t'ai un peu reniée, un tout petit peu, ça n'enlevait rien à mon amour filial, non, vraiment rien d'important ! Un téléviseur diffuse un match de baseball qu'une dizaine de clients suivent en le commentant, marquant les bons coups avec des applaudissements et conspuant les erreurs. Les séries mondiales que nous ne rations jamais, les paris les plus insensés ! Public exigeant qui a l'habitude des vertes réprimandes, des Québécois authentiques, représentants du peuple le plus soumis de la terre, qui ne rouspète jamais longtemps, manipulé par la politique après l'avoir été par les clercs. Peuple humble. À l'école, on nous enseignait la soumission. Les plus délurés s'en fichaient éperdument. Je gobais tout. La première fois que je suis allé dans une maison de « riche », ce que je pouvais être intimidé ! L'épaisseur des tapis, les tableaux que je voyais partout, la bonne qui était chargée de nous apporter des biscuits et du jus d'orange. J'avais dix-sept ans. Pour un soir, j'avais trompé les amis de la taverne. Habitude que j'allais d'ailleurs adopter progressivement. J'étais devenu un étudiant, je prenais mes distances. La bonne nous tendait le plateau, je me confondais en remerciements. Je savais bien que j'étais de son côté, que j'avais honte qu'elle doive me servir pour gagner sa vie. Mon ami et moi aurions préféré de la bière, mais il n'était pas question d'en boire chez lui. Pour cela, nous nous rendions chez La Veuve Wilson, rue Laurier, bien heureux de quitter le climat trop ouaté de la rue Pagnuelo. La dame qui venait toujours voir ce que nous faisions, qui voulait connaître à tout prix les amis de son fils! Elle croyait peut-être que j'apportais dans ma serviette les numéros de *Police Gazette* et d'*Esquire* qu'elle avait découverts sous une pile de chemises? Un jour, elle m'avait demandé si nous avions, nous aussi, des ennuis avec notre bonne. La belle affaire, Mireille n'avait besoin de personne pour son blanchissage! Je ne savais que répondre, je n'avais pas encore développé mes réflexes de défense. Je n'avais pas encore appris à ironiser ou à inventer de ces mensonges qui font plaisir aux femmes du monde. En bafouillant, je finis par répliquer que ma mère avait déniché une fille merveilleuse qui se dévouait sans compter pour nous. Le coq avait dû chanter vingt fois et je demandais tout bas à Mireille de me pardonner mon culot. Je sais maintenant que les parents de cet ami vivaient au-dessus de leurs moyens; que son père a été acculé à la faillite par les extravagances de sa femme. J'ai connu depuis des gens véritablement puissants, sans en être le moins du monde impressionné, mais je n'aime pas mon attitude passée. Je n'enviais pas ces gens, déjà ils me semblaient pitoyables, mais je ne savais pas leur parler, empêtré que j'étais dans ce bain de docile soumission qui m'avait submergé.

La porte s'ouvre. C'est Louis qui m'apparaît, de la couperose sur les joues, les épaules un peu courbées, la démarche hésitante. Il a une chemise de soie bleu pâle, un costume brun rayé. Je ne suis pas dans son champ de vision. Lorsqu'enfin il m'aperçoit, il hâte le pas, souriant.

— Salut! Baptême! que ça me fait plaisir de te voir! T'as presque pas changé. Il me semblait aussi que je te reverrais!

Bien sûr, il n'aurait pas dû la quitter aussi sauvagement. Il n'avait pas élevé la voix. Ce n'était pas dans sa nature. Peut-être eût-il mieux valu qu'il la gifle. C'eut été une preuve de vie, un indice qu'elle avait encore affaire à un être humain. Elle était en soutien-gorge, se tortillait pour laisser descendre sa petite culotte. Plutôt que de s'approcher, de la caresser doucement, d'embrasser son mont de Vénus — ces jours où elle se plaignait en riant de ne jamais avoir la paix — il avait dit d'une voix à peine audible :

— Laurence, je vais te faire de la peine.

— Qu'est-ce que tu veux dire ?

Jamais elle ne lui avait paru si jeune. Trente ans pourtant, une voix d'adolescente, dont elle jouait admirablement. Un corps qu'il connaissait et ignorait à la fois, ses longues cuisses si chaudes, son sexe, elle enfin. Qu'est-ce que la beauté ? Laurence avait longtemps résumé toute la beauté du monde. Le charme assurément, la douceur. Aussitôt, inquiète, elle s'était assise à côté de lui sur le lit, nue, jouant avec la bretelle de son soutien-gorge.

— Ça ne va pas ?

— Pas du tout.

— Au journal?

— Partout.

— C'est moi alors?

— Mais non. J'ai besoin de m'arrêter, vivre seul pendant quelque temps.

— Tu veux vivre sans moi?

— Un mois à peine, le temps de réfléchir…

Elle s'était levée d'une traite, marchant avec la détermination d'une plongeuse qui s'élance sur un tremplin, raidie par la tension. La porte se referma avec fracas. Cinq minutes plus tard, il était dans l'ascenseur, ayant résolu de s'installer provisoirement à l'hôtel. Elle pouvait quand même comprendre son besoin de solitude, non? Il ne parvenait pas à se concentrer dans cette putain de salle de travail, à cause du bruit de la télévision, du téléphone, de sa présence à elle. Comment écrire dans ces conditions? Comment vivre surtout? Il ne savait plus s'il était question de rupture définitive ou d'une simple halte dans leurs rapports. Cela, pour l'heure, n'avait aucune importance. Que cet ascenseur le conduise à la rue le plus rapidement possible, l'oublier, elle, tout de suite! Il n'en pouvait plus de s'efforcer à retrouver l'enchantement premier, l'ennui les avait rongés tous les deux avant de les livrer à l'agacement. Dans quelque temps viendrait l'impérieuse nécessité de la revoir, de la tenir dans ses bras avec une émotion renouvelée, de renouer avec tout ce qui résumait la vie pour lui, la tendresse des rapports, la chaleur de son regard, la jeunesse de sa voix, son côté petite fille, l'étroitesse de son sexe dont les parois adhéraient si fortement à sa verge, la nonchalance dans l'amour, sa passivité si invitante, elle si lente à s'allumer mais qui aimait que leurs étreintes ne s'achèvent jamais. Bien sûr, il était inexcusable de fuir ainsi. Il savait très bien qu'il abandonnait Laurence à une solitude qu'elle ne souhaitait pas. À cause de lui précisément, elle n'avait plus d'amies, ne quittant l'appartement que pour se rendre au ministère. Injuste, cruel, malotru, tout ce qu'on voudra, mais il avait la certitude d'être habité par une enivrante liberté. À l'hôtel, l'inscription terminée, suivre le chasseur jusqu'à la chambre, lui donner son pourboire, se retrouver seul dans un décor prétentieux et laid. Téléviseur couleur, air climatisé, frigo, on apporte bientôt une bouteille de Johnny Walker, carte noire, à un prix scandaleux. La liberté se paye. Plus d'attaches, le seul moyen de réfléchir à son aise, de revoir dans un éclairage nouveau les moments privilégiés de sa vie, de s'enthousiasmer sur ses réussites — il s'en trouve toujours — jusqu'à ce que le whisky triomphe de la poussée de narcissisme. La chambre devient si grotesque que, si on ne se retenait pas, on lancerait la bouteille d'alcool dans cette longue glace qui vous renvoie votre image de pied en cap. Pas très réjouissante, l'image, le cheveu qui cessera bientôt d'être gris, le double menton, la bouche qui s'affaisse. « Mon Dieu, que tu ressembles à ton père! », lui répète souvent Mireille. Ce n'est pas seulement au portrait physique qu'elle songe, mais à leur inaptitude à vivre en toute séré-nité. Elle adore Julien, son unique fils, voyez ses yeux qui s'animent dès qu'elle l'aperçoit, mais elle déplore qu'il se comporte parfois comme l'autre, le fou, qu'il avait fallu conduire, un jour, à Saint-Jean-de-Dieu. Tous les deux neurasthéniques, moroses, incapables d'exubérance. Pen-dant des années, l'homme les avait poursuivis de ses tra-casseries, ne sortant de son mutisme que pour les mena-cer. Il en était même rendu à se masturber devant Nicole, la nuit, au pied de son lit. Elle l'avait chassé deux ou trois fois à coups de pantoufles, mais il rappliquait. Ce spec-tacle auquel Julien avait assisté, son père poursuivi par Coco, courant aussi vite qu'il le pouvait, en continuant de se toucher, puis soudainement en plein corridor le sperme qui se mettait à jaillir. Ce soir-là, Mireille avait promis d'entreprendre les démarches qui mèneraient à l'internement. Au bout de quelques mois la chose était faite.

L'image dans le miroir avait été une invitation à boire davantage. Plus tellement question d'aller au fond de soi, il avait passé sa vie à cet exercice. La réflexion devenait un jeu factice. Au petit matin, il s'était réveillé, étendu tout habillé sur le lit non défait. Il avait la gueule de bois et la certitude de s'être mal conduit vis-à-vis de Laurence. Il ne pouvait réparer tout de suite les effets de son geste, sachant par expérience qu'elle éviterait de répondre au téléphone pendant quelques jours, qu'elle feindrait même de ne pas le voir si elle le croisait dans la rue. Il rédigea donc un billet où il s'excusait de tout, annonçant qu'il ferait une randonnée du côté de la Caroline. Quitter ou non Montréal, mais se terrer quelque part, n'avoir aucun contact avec le monde, faire le point une fois de plus. Toutes les avenues se fermaient, écrire ou non n'avait pas tellement d'importance, la vie paraissait un bien d'autant plus précieux qu'elle s'échappait à grands bonds. Quand il quitta l'hôtel Bonaventure après cette unique nuit, il loua un appartement meublé qui donnait sur le parc Lafontaine, dans l'immeuble même qu'avait habité sa première femme, quelques années plus tôt. Il ne lui déplaisait pas que son exil fût quelque peu rassurant.

Tout de suite, il s'était senti entraîné dans une histoire de déraison. Un inconnu, qui lui rappelait vaguement un ami d'adolescence, prononçait des mots avec un accent oublié — mais où donc avait-il rencontré ce primate dont les yeux striés de rouge s'illuminaient lorsqu'il prononçait un nom de femme? Parfois, Julien reconnaissait une expression caractéristique que les années n'avaient pas effacée. Sa façon de rire à tout propos pour masquer sa timidité, ses jurons dont il détachait nettement les syllabes, ses yeux vifs. Pour le reste, non, cette loque pathétique ne lui rappelait rien.

— Y a des fois, là, je la tuerais. Mets-toi à ma place, Julien, elle me fait accroire qu'elle va laisser son mari, qu'on va pouvoir vivre ensemble. Comme un cave, je m'imagine que dans un an au plus tard on va être installés. J'avais presque loué un logis, pas loin de chez ta mère. Non seulement elle change d'idée, mais elle veut même pas me voir, baptême! Six mois que je lui téléphone. Pour finir, elle est partie en Europe avec son gars pour deux mois. Je sais pas si t'as connu ça, toi, être abandonné comme si t'étais rien? Je pensais pas vivre assez vieux pour voir ça! Dans le temps, c'était moi qui les laissais tomber! J'en avais trop, je pouvais pas fournir. Depuis qu'elle est partie, je bois comme un trou, je paye la bière à tout le monde, puis, quand j'en peux plus, je couche avec la première putain que je rencontre. Je les choisis même pas, pourvu que c'est un cul. Elle m'a même pas envoyé de carte postale! Elle viendra pas me faire croire que son mari était toujours avec elle. Elle en trouvait des excuses dans le temps. J'ai jamais vu un gars se faire fourrer comme lui. Mais c'est encore pire, elle est revenue depuis une semaine, puis elle veut pas plus me voir. Elle dit que c'est fini, que c'est son mari qu'elle aime. Je la crois pas, je la crois pas! Si tu savais tout ce qu'elle m'a raconté sur lui. Tu le connais, c'est Armand Jolicœur. Tu te souviens de lui, le grand niais qui a été enfant de chœur jusqu'à seize ans, je pense? C'est moi qu'elle aime, je la tiens par là! Quand elles ont goûté à ça, elles reviennent. Mais qu'est-ce qu'elle attend? J'en peux plus. Elle me disait qu'elle m'aimait, mais qu'à cause de ses deux enfants, elle pouvait pas partir. C'était difficile à avaler, d'autant plus que je suis le père du petit dernier! J'ai un gars de cinq ans, Julien, je peux même pas le voir. Je sais pas si t'es en amour, mais comment t'aimerais que ta femme vive avec un autre, qu'elle couche avec lui? Rien qu'à penser à ses maudites mains sales qui se promènent sur ses cuisses, la nuit, je viens mal. Oui, ses maudites mains sales de pharmacien… Elle essayait de me faire croire qu'elle faisait pas l'amour avec lui. Je l'ai jamais crue, je suis pas fou! J'ai pas vu le petit depuis huit mois, Julien. Je sais pas si t'aimes les enfants, mais moi, je peux pas voir son portrait sans brailler comme un veau. Il s'appelle Michel. Michel Joli-cœur, même pas mon nom de famille. Excuse-moi, je vais aller pisser. Faut bien que ça serve à quelque chose, cette affaire-là !

Minuit approchait. Sans enthousiasme, le garçon vint avertir qu'il était temps de passer la dernière commande. Occupé à déchiffrer le texte publicitaire d'un calendrier, Julien ne broncha pas. Il ne restait dans la taverne qu'une vingtaine de clients. Un vieillard dormait sur sa table. On n'entendait plus que la télévision. En ressortant des toilettes, Louis croisa le serveur qu'il entoura de ses bras en riant très fort. L'étreinte dura une dizaine de secondes, puis Louis rejoignit Julien, le sourire aux lèvres.

— Excuse-moi. C'est Gerry. Quand je suis complète-ment pacté, c'est lui qui m'aide à monter à ma chambre. Elle est pas loin, ma chambre, juste en haut. Même pas besoin de sortir pour prendre un coup. C'est pas possible, Julien, je suis rendu alcoolique ! Une fois que je m'étais acheté un petit mickey pour aller au Forum avec toi, on avait dix-sept ans, tu m'avais dit que je pourrais pas m'ar-rêter ! J'aurais pu te tuer cette fois-là, mais t'avais raison. Tant que ça m'empêchera pas de bander, je vais conti-nuer. Je suis encore solide malgré tout. Regarde-moi ces muscles-là ! Un vrai Monsieur Amérique. Il faut en lever des caisses, en pousser des chariots pour être développé comme moi. Quand je manque à l'ouvrage, c'est parce que je le veux, parce que j'ai trop bu, parce que le *supervi-sor* m'a fait chier. Le docteur pense pas ça, par exemple, il dit que j'ai une cirrhose, que mon cœur est pas bon. Il peut toujours manger de la marde, vivre comme il veut que je vive, c'est pas une vie. Je m'ennuie, je vais aux courses, je me fais laver à tout coup. Même Gerry, c'est un ami, un gars en or, mais il peut pas la remplacer. On se voyait trois ou quatre fois par semaine, on se promenait dans mon char, j'en avais un dans le temps, la finance l'avait pas encore pris. Y a des fois, je me demande si je serais pas mieux d'enlever le petit, de partir loin avec lui, comme dans les vues. Surtout quand je suis soûl. Ils finiraient par me mettre la main au collet, c'est sûr, mais le temps que ça durerait il serait à moi pour le vrai. Christ, on dirait que je suis un lépreux, Marianne veut plus me voir, ta mère non plus.

L'homme seul est toujours ridicule. Et une femme donc? Pitoyable plutôt. Cela embête tout le monde. On n'en peut plus d'entendre parler d'insécurité, d'une absence qui fait mal. Qu'est-ce qu'elles ont toutes à se plaindre de nous? Dès que je m'éloigne pour un reportage, elle s'inquiète. Ce qu'elle doit penser actuellement! Mais laissons Laurence, c'est de moi/Julien dont il s'agit, solitaire par choix. Je n'ai qu'à lever le doigt et je serai entouré. C'est tout simple. Je n'ai rien d'un inadapté, d'un timide que la société a condamné à la marginalité. Pendant ce mois de réclusion, qu'ai-je fait? Tout et rien. Oh! j'aurais bien aimé que l'inspiration me visite, mais elle ne fréquente que ceux qui la provoquent. Si la moindre petite idée m'était venue, je l'aurais développée en deux cents pages désespérées. Réaliser enfin le livre qui repose en soi! Ils disent tous ça, bien sûr, et lorsqu'enfin ils triomphent de leur paresse, c'est pour accoucher d'une histoire tout compte fait assez gentillette. Et Laurence qui parle de sa solitude à elle, de ces longs moments qu'elle passe dans la baignoire. Ça me calme, je songe à toi, je te vois, je te touche. Il me semble que tu es à mes côtés, à me raconter un livre que tu as lu. Ce que j'aurais aimé t'avoir toujours connu! Un rêve de bonne femme, mais il me semble que j'aurais pu t'empêcher d'être si taciturne, si changeant. Ton seul défaut, tiens, embrasse-moi! Promenades sans fin dans le parc Lafontaine, soliloques que rien n'interrompait, l'idée même de Laurence semblant s'estomper. Une vie dans l'irréel, peuplée de fantômes qui savaient disparaître. L'immatériel, le rêve permanent. Parfois, à la suite d'une déambulation qui l'avait harassé, il songeait à la femme qu'il avait laissée derrière lui, mais sans trop de déchirement. Laurence, c'était comme une partie de sa vie qu'il reprendrait au bout de quelques semaines. Au début, il ne pouvait vivre sans elle, même une séparation de trois jours lui faisait peur. Pour la première fois, l'exubérance dans des gestes de tous les jours! Mireille ne le reconnaissait plus, et Laurence devenait de plus en plus belle. Ce ne fut que petit à petit qu'il devint plus distant. Il prenait tous les prétextes du monde pour quitter Montréal. Quand elle tentait de lui parler, il fuyait, feignant de rédiger un article ou de feuilleter le manuscrit à peine ébauché de son quatrième roman. Un jour qu'il était à Moncton pour une enquête sur la situation linguistique en Acadie, il lui avait expliqué qu'il prolongerait son séjour d'une semaine pour prendre des vacances. Par le ton de ses propos, elle savait qu'il n'y avait pas de femme là-dessous. Bien plus inquiétant en vérité, puisqu'il ne voulait qu'être seul. Les hommes comme lui ont tout à gagner de la solitude. Ils ne s'imaginent pas les humiliations que les femmes doivent subir. Cet air qu'ont les serveuses dans les restaurants, cette habitude qu'elles ont de vous lancer des insinuations à peine voilées comme si vous étiez une intruse, incapable de vous dénicher un compagnon. Et les hommes qui vous dévisagent, vous détaillent, lorsqu'ils sont sûrs que personne ne viendra se joindre à vous, qui deviennent alors audacieux, insistants. Surtout les plus laids, ceux qui doivent surmonter une certaine timidité et qui n'oseraient pas s'ils percevaient le moindre danger d'une rebuffade. On se tait pour ne pas se laisser avoir, on a lu les journaux, on craint les pires brutalités. Il n'empêche qu'on rentre chez soi, docile, sans avoir adressé la parole à qui que ce soit. Ramenée de force au rôle de spectatrice d'une émission de télévision, c'est encore ce qu'il y a de plus facile, aucun danger d'être accostée comme au cinéma, de voir une main s'avancer sur votre cuisse, de la sentir dans sa moiteur écœurante, ni non plus d'effort intellectuel à faire, les émissions se succédant selon une logique inexorable. Le téléphone ne sonne que pour vous annoncer l'arrivée d'une compagne qui a les mêmes préoccupations que vous, l'âge déjà, la cellulite, les rides, la taille qui est toujours trop mince ou trop généreuse, le teint pâlot ou un hâle trop prononcé. Parfois, lorsqu'il n'en pouvait plus de rêvasser dans son lit, Julien allait aux provisions. D'une épicerie voisine, il rapportait les aliments qui lui permettraient de survivre quelques jours. Pendant combien de temps encore parviendrait-il à soutenir le siège? Il avait une femme en tête. Pas l'amour, mais Laurence. L'amour, c'est plutôt absorbant, vous ne vivez pas, vous vous torturez, ça convient mal aux petites natures, ceux qui sont toujours à se justifier. L'amour, c'est le fait des gens faibles, à d'autres moments, vous auriez dit des imbéciles, tout dépend des humeurs, ceux en tout cas qui se contentent de vivre et qui ne ressentent pas en eux cette vacuité qui les ronge. Toutes des folles, nous sommes toutes des folles avec nos rêves érotiques, notre ennui, notre crainte de l'amour physique, dépositaires d'un corps que nous élevons comme un jardinier élève son potager, mais dont nous refusons de nous servir, pas comme les hommes qui auraient toujours la queue sortie si on les laissait faire, ça les distrait, ils échangeraient la lune contre une demi-heure au lit avec une fille même pas jolie, des naïfs qui espèrent que les étreintes vont durer des heures, qui s'imaginent que leurs érections ne connaîtront pas de défaillances, qu'il leur suffira d'attendre quelques minutes pour qu'à coup sûr ils retrouvent l'orgasme! Ils ne perdent pas la tête, n'égratignent pas le dos de leurs partenaires, ne crient pas avec cette sensation de gouffre, ce sont des gloutons, même les plus délicats d'entre eux. Lorsqu'ils tiennent une femme, ils s'imaginent que c'est pour de bon, quoi qu'il arrive. Eux, ils peuvent courir le monde ou se terrer dans un lieu inconnu pour réfléchir. Un jour, on s'est acheté une rame de papier, on s'installe devant une tasse de café, geste mille fois repris de l'écrivain qui se met à déplorer sa paresse. Serait-il déplacé d'utiliser des confidences de Laurence pour donner un peu de ton à cette histoire à raconter? A-t-on le droit? Et aussi nous a-t-elle tellement marqué qu'il ne soit plus possible d'écrire sans l'évoquer? Malgré l'impression qu'on a toujours de vivre un rêve, d'évoluer au milieu de ses propres fantasmes, les autres n'étant que des miroirs de soi-même, la femme que l'on a aimée résume-t-elle toute notre conception de l'amour? Dans l'affirmative, comment serait-il possible de se remettre à l'écriture sans dépeindre Laurence? Laurence qui vous a ébloui, qui vous agace avec ses conversations interminables au téléphone, qui s'occupe de vous avec une application méritoire, qui vous met en rage quand elle joue à l'incomprise. À moins de raconter les premières années dans le milieu ouvrier de Côte-Saint-Paul, d'arracher un peu le voile qui recouvre l'enfance, le passage à l'âge adulte, à l'aliénation.

Adolescent, Julien avait parfois songé au suicide. Un soir, il avait même enjambé le parapet du pont qui relie Côte-Saint-Paul à Verdun, à la hauteur de la quatrième avenue. Pris de vertige, il avait failli perdre pied, mais s'était retenu à temps au garde-fou de pierre grise. Son père venait d'entrer en clinique et Mireille passait ses journées à pleurer. Nicole était pensionnaire chez les dames de la Congrégation et lui écrivait des lettres désespérées. La tentative de suicide, appuyer surtout sur l'aspect théâtral de l'affaire. Il avait voulu se mettre dans la position de quelqu'un qui allait commettre l'acte. Pas davantage. Trop définitive cette solution pour une nature comme la sienne. L'effritement lui convenait bien mieux. La tentative timide, puis, quinze minutes plus tard, la hâte de rentrer à la maison pour écrire un roman, sept cents pages bien tassées, inspirées de Sartre. Le manuscrit, il l'avait montré, un soir, aux copains à la taverne. Ils l'avaient à peine regardé. Passé auquel Julien songe sans regret. Ce n'était pas l'âge d'or. Il n'y a jamais d'âge d'or. Par la fenêtre de la chambre de Louis, il voit le canal que surplombe un peu plus loin le pont de la grande tentation. Et s'il s'était vraiment noyé? Quelle différence pour les autres? Un dimanche après-midi par année, Mireille viendrait peut-être se recueillir sur sa tombe.

— Chez vous, c'est plus beau qu'icitte?

— Ah, tu sais!

— T'es pas obligé de me ménager. Je sais bien que je vis dans un trou. Si j'avais plus d'argent, j'irais peut-être ailleurs. Et puis non, je m'en sacre. J'ai des dettes jusque-là! Aie pas peur, je t'emprunterai pas d'argent.

— Si tu en as besoin…

— Ils parlent de saisir mon salaire, ils peuvent toujours le faire, les maudits chiens sales!

La tête commence à tourner. Sensation qu'il n'a pas éprouvée depuis la nuit de la fuite, de la sottise. Mais quand donc s'arrêtera-t-il de se poser des questions inutiles? Se remettre au plus tôt à la tâche absurde de l'écriture, rien d'autre à faire. Retrouver Laurence, l'aimer autant qu'il est possible. Quand donc s'arrêtera-t-il? Jamais.

— J'ai rien à moi, mon Julien, la télévision est pas payée, mon transistor non plus. Je suis bien habillé, c'est tout. C'est de la bonne laine, ça, touche, pas du coton. Là-dessus, j'accepte pas de ménager. J'ai bien assez de travailler en *overalls*, le soir je me change. Je suis pas un *bum*, rien qu'un ivrogne. C'est ça que les femmes me disent, en tout cas. Je les bats pas, je crie pas après, je les caresse, je les déshabille tranquillement, je leur parle tout bas. Même les putains. Je passe pour un don Juan. C'est pas de ma faute, ça m'intéresse, ces bibittes-là. Tu le sais, toi, j'avais quinze ans, la première fois. T'en revenais pas. T'étais plutôt tranquille, le nez dans les livres. Ouais, toujours à courir la galipote, pourtant j'aimerais bien mieux être à la maison avec Marianne et le petit ! Les gars à l'ouvrage, ils s'imaginent que je frappe à tout coup, que chaque samedi soir c'est une nouvelle fille que je ramasse. S'ils savaient ! Je me contente de ce que je trouve. C'est pas toujours riche. En temps normal, je les paierais pour qu'elles s'en aillent, mais je les garde parce que je suis soûl, parce que j'aime ça pareil, puis aussi parce que je me dis que j'ai le droit d'aller au paradis comme les autres. Quand je me réveille, le lendemain matin, la chambre sent le parfum, le cœur me lève, surtout si la fille est encore là. La plupart du temps, elle est partie, pas toujours avec mon portefeuille. Toi, tu connais pas ça, t'es un monsieur.

— Un monsieur, tout un monsieur !

— Ris pas, c'est vrai. T'as de l'instruction, une bonne job, tu peux avoir les filles que tu veux. C'est pour ça que tu te maries pas, hein ?

— Je me suis déjà marié.

— C'est vrai, j'oubliais. Tu veux pas te remarier ?

— Ce n'est pas impossible.

— Quel âge qu'elle a ?

— Trente ans.

— Marianne a trente-neuf. Des fois, on parle de toi. Quand on te voit à la tévé, par exemple. On se rappelle des souvenirs. Christ ! que t'étais gêné dans ce temps-là ! Elle est plus belle qu'elle était. Elle a engraissé, pas trop, juste ce qu'il faut. Tu comprends, avec l'argent que fait son mari, elle est habillée comme une princesse. Tu l'aimerais, je suis sûr. Elle est instruite, pas comme toi évidemment, mais elle est allée au même couvent que ta sœur, Nicole. Des fois, quand je faisais des fautes, elle me reprenait. Elle me faisait comprendre que c'était mieux pour moi, que j'aurais peut-être de l'avancement à l'ouvrage. Je la laissais faire, je savais bien qu'au Canadien National ça me donnait absolument rien de faire attention. Il y a des soirs où je me mets à sacrer juste pour rattraper le temps perdu, christ !

Julien éclate de rire. Le ton de Louis est merveilleux, direct, sans tricheries.

— Ris pas, bonhomme, c'est pas drôle. Moi, je pense toujours à elle. Je vieillis, oublie pas ça. On a le même âge, mais moi, j'ai travaillé dur, je me suis détruit. J'ai mal au dos tout le temps. Tout à l'heure, je me suis vanté de ma santé, mais c'est pas vrai. Le Monsieur Amérique, il est malade.

— Demande un changement.

— Dans le cul ! C'est ça ou la porte. À part de ça, je me vois pas remplir des formules toute la journée dans le bureau. J'aime autant fermer ma gueule. La bière, le rye, c'est ce qui compte. Tu bois pas tellement. Évidemment, t'as pas de raison. Je pensais jamais que tu viendrais me voir. C'est Nicole qui t'a parlé de moi ? Certainement pas ta mère.

— Oui, c'est Nicole.

— Ta petite sœur ! Ça c'est quelqu'un. Quand elle

m'a vu, la semaine passée, j'étais pas mal éméché, elle a pas eu honte de me parler. C'est une belle fille, hein?

— Elle t'aime beaucoup.

— Ça, ça me fait plaisir. Christ, qu'est-ce que t'as, t'es bien pâle?

Le vertige soudainement. Il a trop bu. Voudrait trouver le moyen de partir au plus tôt, sauter dans un taxi, pas question de conduire, rentrer à cet appartement qu'il a loué. Envie de vomir, cette chambre me fait peur avec ses murs peints en vert, son mobilier boiteux, l'extrême déférence de Louis, son amabilité touchante, ce n'est plus de l'amitié, ça n'a pas de nom cette distance qui nous sépare, que nous sentons tous les deux. Il devrait m'envoyer paître, qu'est-ce que je peux lui apporter, ma compassion mise à part? Nous n'avons rien en commun, sauf le passé, la laideur dont il s'entoure ne me convient plus, je suis devenu douillet, l'habitude de vivre dans les Hilton aux frais de la princesse et de nos chers lecteurs, de soigner avec maladresse mon langage et de fréquenter les restaurants convenables, j'ai évolué, je me suis camouflé. Louis, pauvre Louis, je ne peux rien pour lui, je ne suis pas de ceux qui secourent les autres, je suis un écouteur, c'est tout.

— Toi, tu vas être malade. Va t'étendre un peu sur le lit. Je boirai tout seul, je suis habitué.

— Si je m'endors, tu ne pourras pas me réveiller.

— *So what?*

— Je voudrais coucher chez moi.

— T'as peur de te faire engueuler?

Julien court vers le lavabo. Ne se souvient pas d'avoir éprouvé une impression aussi désagréable. Vomir au plus tôt ! Qu'il a été idiot de boire si vite, Louis n'en demandait pas tant. Tout ce qu'il espérait, c'était quelqu'un qui lui laisse l'impression de l'écouter. Lui aussi retournait au passé, lorsque le présent l'indisposait.

— Reste pas là. Viens t'étendre cinq minutes.

— Je veux pas dormir.

— Fais pas le bébé, appuie-toi sur moi.

Julien s'abandonne. Bientôt le sommeil s'emparera de lui, l'entraînera dans un monde agité, peuplé d'ombres et de lueurs inquiétantes.

Des idées bien noires aujourd'hui, ce me semble. Écrire, pourquoi écrire ? Le nombre de pages que l'on noircit autour de vous pour prouver que tout cet effort est inutile. Dire sa conception de la vie, de l'amour, laissez-moi rire, ce sont des abstractions, ça, ce n'est pas sérieux, quand je serai rendu aux derniers instants, pensez-vous que c'est à ma vie que je songerai ? Ma vie, je ne sais pas ce que c'est, c'est irréel, impalpable. Parlez-moi du bruit des voitures qui me rendait si triste le dimanche après-midi, toute cette humanité qui grouillait, s'animait pendant que moi, j'en étais encore à balbutier. Non, aux derniers instants, ce sera peut-être une chanson idiote que chantait mon père en se faisant la barbe, *C'est à Robinson que dans les buissons, un beau jour l'amour vous guette,* de la romance à plein tube, à vous en faire baver de nostalgie, la voix de ténor dont il était si fier. Et si vous aviez, mon pauvre ami, la chance de vivre si vieux que vous puissiez vous habituer à l'idée de la mort, vous comporter comme si elle était une nouvelle expérience tout simplement ? Des idées noires, si l'on veut, mais arrive un âge où le jeu devient plus difficile. On se sent le cœur serré à longueur de journée. Les femmes ne sont plus tellement à vos yeux des êtres de désir que des amies à qui on fait l'amour dans un grand déploiement de fureur et de tendresse. Chaque fois comme si c'était la dernière. Si vous vous remettiez à écrire, ce n'est pas d'amour dont il serait question dans vos livres, mais de cette grande paix qui se lit dans des yeux de femme, dans la beauté d'un visage frêle, ces espérances que l'on trouve sur son chemin lorsque rien ne vous intéresse plus.

Le jour se levait. Les autos avaient recommencé à rouler sur l'avenue de l'Église. Julien s'éveilla avec une violente migraine. Louis s'était endormi dans l'unique fauteuil de la chambre, une bouteille de Canadian Club vide à ses côtés. Il ronflait avec une belle régularité, les mains sur le ventre, ses chaussettes noires enlevées. Sur la pointe des pieds, Julien se dirigea vers la porte. Dans le corridor qu'éclairait une seule ampoule de faible wattage, il mit ses chaussures. Plutôt que de monter dans son auto, il décida de marcher un peu. Rue Laurendeau, il but un café noir dont la seule vertu était d'être chaud. À ses côtés, sur des tabourets, deux camionneurs parlaient de la pluie qui compliquait leur travail et menaçait la fin des récoltes. La serveuse les approuvait en appliquant du beurre mou sur du pain grillé. Seuls les camionneurs semblaient en forme, parlant sans arrêt, surtout le plus petit des deux, un rouquin qui mêlait quelques mots de français à ses propos. Les autres clients, une dizaine en tout, mangeaient en silence. À la caisse, un Chinois lisait son journal. Julien se rappelait les nombreuses tasses de café qu'il avait ingurgitées à ce restaurant, le dimanche. Il avait quinze ans, se levait tôt, ses parents croyaient qu'il se rendait à la messe, alors qu'il parcourait les journaux au restaurant. C'était l'époque où un but de Maurice Richard était pour lui la chose primordiale. Petit à petit, la littérature délogerait le sport dans son cœur, mais là aussi il aurait son héros, Balzac, qui vivait par l'écriture, qui créait un monde gigantesque. Avec *La Comédie humaine,* les livres devenaient une aventure aussi spectaculaire que le hockey, où, dans des amphithéâtres remplis à craquer, on se vengeait d'avoir raté sa vie. Lire, dans le milieu, c'était s'isoler, se dépayser dans le Paris de Balzac, s'y perdre totalement, se départir de ses amis pour s'en adjoindre de nouveaux qui ne vous plaisaient pas, la plupart du temps. La décision soudaine de continuer ses études, à la grande joie de Mireille, qui ne demande pas mieux que de vous voir membre de cette classe qui n'a pas à attendre des autres la permission d'agir. Mireille est ravie, c'est évident, elle a tellement craint que vous n'imitiez le geste de Louis. Vous étiez attiré par les chèques de paye pourtant modestes qu'il exhibait à la taverne, déjà panier percé, sans le sou dès le lundi matin. L'accession au cours classique, des compagnons qui vous paraissent souvent si sûrs d'eux, qui à seize ans peuvent déjà compter sur l'auto paternelle, qui ont en parlant de leurs petites amies un ton de vulgarité satisfaite qui ne vous plaît pas. Un délicat, le petit Julien, timide avec les filles, qui un jour pourtant crut être père. Un premier amour avec une noiraude qui eut, certains mois, des retards inquiétants. On était en pleine guerre de Corée, il était question que le

Canada se joigne aux États-Unis dans leur offensive impérialiste. Julien craignait de devenir soldat, vaguement pacifiste avec une sympathie marquée pour le communisme, dont il connaissait des parcelles de doctrine. Son père prétendait que le service militaire était une école de formation. Comme il fallait le ménager, Julien se taisait. Depuis, il y a eu sur la Terre bien des conflits, il en éclate tous les six mois, tu n'as jamais été père, tu as abandonné quatre femmes que tu avais vraiment aimées, parfois de façon brutale, ce qui suffit peut-être à faire de toi un salaud, et tu te demandes si tu dois vraiment retourner à Laurence, sans conteste la femme de ta vie, celle qui est ta raison d'être depuis si longtemps. L'amour pourtant t'a tout donné, c'est extraordinaire d'avoir pu se dire pendant des mois, des années qu'une femme pensait constamment à toi, qu'elle avait le souci de ton bonheur comme tu te préoccupais du sien. Tu n'oubliais pas qu'un jour tu mourrais, mais l'obsession était atténuée, reportée à plus tard. Si seulement Laurence pouvait admettre que le vide que tu perçois en toi n'est pas sa négation, si pour elle l'amour, encore ce mot ridicule, si l'amour pouvait se transformer en une paix totale, je ne suis plus capable de rendre de comptes, pour le temps qui me reste je suis à prendre ou à laisser, je n'en suis pas à ma dernière dérobade, jamais je ne pourrai promettre d'être fidèle au poste, je veux errer le plus possible, tout de suite payer à la caisse où le Chinois maintenant rêvasse, merci, au revoir, c'est un mardi matin, les gens vont travailler, la rue Laurendeau est devenue laide avec ses affiches monstrueuses, on a ajouté à la laideur de Montréal, c'est le domaine du snack-bar et de la pizzeria aux banquettes de moleskine à bon marché, l'odeur de cuisson, les serveuses au franc-parler. À seize ans, je ne voyais pas la laideur, le restaurant chinois n'était, certes, pas pire que des milliers d'autres sur le continent. Si on m'avait posé la question, j'aurais peut-être dit que c'était plutôt bien. Alors, pas de juge-ment de classe, continue, faux ouvrier, dirige tes pas, tu t'en vas chez Mireille. Tant pis si tu rencontres un ancien copain. Beaucoup d'entre eux ont emménagé dans des quartiers plus neufs, ont fait leur vie ailleurs, mais il y a ceux qui restent. Que répondre à un journalier qui te demande de tes nouvelles? Comment expliquer à celui qui doit rendre compte du moindre de ses gestes que tu peux te permettre de ne rien faire pendant un mois pour réfléchir? Tu n'acceptes pas tes privilèges ni ne les refuses. Installé dans ta mauvaise conscience, tu perds un peu la faculté de parler, un point c'est tout. Même devant les confrères, tu parviens difficilement à te rendre au bout de ta pensée, comme si tu étais convaincu d'avance de l'in-utilité de tout. Comment s'adresser à quelqu'un sans son-ger au temps qui vous ronge? Impossible de faire quoi que ce soit pour enlever cette impression que ce que tu as à dire vient de loin, d'ailleurs. Et Laurence qui s'imagine qu'il la trahit, lorsqu'il cède à sa hantise de la solitude. Ne lui disait-elle pas depuis longtemps que sa crainte de la mort était un luxe? S'il avait eu à se battre pour assurer sa vie matérielle aurait-il le loisir de se préoccuper d'une éventualité apparemment aussi éloignée pour lui que celle de la mort ? On ne s'inquiète pas de ces choses quand on a des soucis quotidiens. Julien en convenait facilement, mais que répondre à Laurence quand elle lui disait en sanglots qu'il était désespéré parce qu'il avait cessé de l'aimer ? L'amour ne le soutenait plus. Évidence. Il avait beau la caresser, la protéger, lui assurer toute la douceur du monde, elle voulait davantage. L'angoisse était là, plus évidente que l'amour, c'est tout. Oh ! avoir vis-à-vis de la mort la même sérénité que Mireille qui, à soixante-cinq ans, ne montre aucune trace de trouble ! Elle répète souvent qu'une seule chose compte, c'est qu'à notre mort nos os ne nous font plus mal. Lorsqu'une de ses amies disparaît, elle ne semble pas s'en émouvoir outre mesure. Se souvient-il d'ailleurs avoir vu dans les yeux de sa mère le moindre signe de désarroi ? « Dépêche-toi de songer à autre chose, la mort, c'est pour les personnes de mon âge. » Ce qu'elle pense vraiment, il ne le saura jamais. Elle peut compter sur dix ans de vie, un peu plus peut-être, mais rien n'est moins sûr. Et si c'était par pudeur, pour ne pas l'effrayer qu'elle ne lui confiait pas ses appréhensions ? Elle ne fait pas de livres, elle ne professe pas l'indécence, elle vit, c'est déjà tout. « Mon pauvre Julien, tu ne seras donc jamais heureux. » Un être à part, sûrement, qui tirait même vanité de sa marginalité. Il ne présentait jamais ses amis à ses parents. Son père disait : « C'est ça, il a honte de nous autres. » Il avait raison, Julien n'ayant pas du tout envie qu'il commette devant ses copains de ces gestes bizarres qu'il aurait fallu expliquer. Lorsque plus tard le problème s'aggrava et qu'on dut l'envoyer à Saint-

Jean-de-Dieu, il n'hésita pas à répandre la nouvelle. N'était-ce pas une occasion de se rendre intéressant ? Un père fou, c'était plus rare qu'un père alcoolique, non ? La tendresse viendrait petit à petit. Il se découvrait sur le tard des affinités avec cet homme taciturne qui n'était gai qu'à l'époque de Noël, reprenant note pour note le *Minuit, chrétiens* de Raoul Jobin et buvant de ce whisky blanc qui le rendait malade.

— Toi, à cette heure-ci, qu'est-ce qu'il y a ?

Derrière la porte, Mireille s'active. Il entend le déclic de la serrure. Elle lui apparaît en négligé. Joue tendue, baisers.

— Bon, je te rassure tout de suite, je ne suis pas malade, je ne t'apporte pas de mauvaises nouvelles.

— J'aime mieux ça. Tu comprends, il est à peine sept heures.

— Je t'ai pas réveillée au moins ?

— Mais non, j'étais déjà debout. Veux-tu un café ?

Il la suit jusqu'à la cuisine. Au passage, il remarque une applique murale qu'il ne connaît pas. Mireille a dû se la procurer à une partie de cartes. Sur la table repose un journal dont il feuillette rapidement les pages, pendant que sa mère verse de l'eau chaude sur les grains de café soluble.

— C'est une nouvelle sorte de café, tu me diras ce que tu en penses. Si tu veux de la crème, du sucre. As-tu mangé ?

— Voyons, maman, tu sais bien.

— Noir, c'est vrai. Ça fait tellement longtemps que je t'ai vu, j'ai oublié.

— Excuse-moi, je n'ai pas été très gentil.

— On va aller au salon. Il faut fêter ça.

De nouveau, elle le précède. Son pas est alerte. Une femme active, nerveuse, à qui on ne donnerait jamais son âge. Il y a à peine cinq ans, elle avait un ami. En fait, que devient-il, Oscar, ce retraité des postes qu'il voyait parfois chez Mireille? Un homme de plus de soixante-dix ans, fort jovial, qui racontait des souvenirs en se tapant sur la cuisse. Mireille le trouvait un peu grossier, surtout lorsque Laurence accompagnait Julien, elle, si réservée. Oscar la regardait, les yeux pleins de malice et de ce qui devait bien être une grande tendresse.

— C'est nouveau, ça?

— J'aimais plus mon ancien divan. Une fantaisie, ma dernière avant de mourir. Qu'est-ce que t'en penses?

— Il est bien.

— Vraiment, tu le trouves à ton goût? Nicole peut pas le voir.

— Tu lui diras qu'elle n'a pas de goût.

— Qu'est-ce que tu veux, mes enfants sont trop savants pour moi.

— Maman! Tu te demandes sûrement pourquoi je viens te voir si tôt?

— Mets-toi à ma place.

— J'ai passé la nuit avec Louis.

— Avec Louis?

— Comme dans le temps. Il m'a dit que tu l'avais mis à la porte.

— Je comprends! Il était soûl comme une botte, il

m'insultait. Personne va venir me dire que je suis avare. Il a beau être mon frère, je vois clair. Quand il a bu, il est comme fou. C'est pas de ma faute s'il a jamais su économiser. J'aime autant les avares que les voyous comme lui. Je suppose qu'il t'a emprunté de l'argent?

— Non, il voulait parler.

— Le rencontrer, lui, après tant d'années! Il t'a demandé combien?

— Rien, je te dis.

— Elle est bonne, celle-là! Chaque fois qu'il venait ici, il repartait avec un dix. C'est un ivrogne, mon petit frère, c'est triste à dire, mais c'est vrai. Je t'en ai assez raconté sur lui, non?

— Il est surtout malheureux.

— C'est pas une excuse. Tu penses que ma vie est drôle? Je suis toujours toute seule. Nicole vient presque jamais ici. J'exagère, elle est jamais plus d'une semaine sans me voir, mais c'est pas comme avant. Toi...

— Je serai moins négligent.

— Mais non, tu fais ta vie. La fais-tu, au moins?

— Tu sais...

— T'es le seul à pouvoir répondre. Je me suis fait du mauvais sang à cause de toi, où est-ce que t'étais?

— Pas très loin, maman. Je voudrais te parler de Louis. Il me semble que si tu l'invitais, il se sentirait moins seul. Il vit à l'hôtel, c'est pas très gai. Invite-le, je tâcherai d'être là, ce sera moins compliqué pour toi.

— Avec l'argent qu'il gagne, il pourrait se louer une maison, acheter des meubles.

— Il voudrait vivre avec une femme, maman, c'est tout.

— Il croit encore au père Noël, ma foi du bon Dieu ! Comme si Marianne Langevin allait laisser son mari qui fait de l'argent comme de l'eau. Il a deux pharmacies, Julien, pas une, deux !

— Je sais.

— Toi, c'est Louis qui t'impressionne.

— Si tu veux.

— Je l'inviterai, un jour, mais pas tout de suite, je suis pas capable. Toi, mon gars ? T'es pas retourné avec Laurence ?

— Pas encore.

— Parce que tu veux pas ?

— Je le sais plus.

— Que t'es compliqué, Julien ! Avec Nicole, c'est plus simple, c'est tout l'un ou tout l'autre. Si tu tiens à Laurence, attention, un jour elle en aura assez.

— T'as raison, mais ces derniers temps…

— Ces derniers temps, ça allait pas. Va falloir que tu t'habitues, Julien, ça ira jamais pour toi. T'es fait comme ça. Tu passais des journées complètes à t'ennuyer, à parler à personne. Tu te souviens, c'est Louis qui venait te chercher.

— Ça n'a pas changé. Il y a des moments où je suis incapable de bouger, de faire le moindre geste. On dirait que j'ai peur de mourir tout simplement. Toi, tu as peur de mourir ?

— J'y pense jamais, mon pauvre Julien. J'ai trop de

choses à régler, le travail de la maison, mes sorties, Nicole, toi. Le temps passe, je le vois pas. Je me dis que si je meurs, je vais vous débarrasser, c'est tout. Proteste pas!

— Tu sais que je vais protester, mais je parlais de toi dans tout ça. Toi, seule.

— La vie me semble de moins en moins drôle, alors…

La tentation, un moment, d'insister, puis désemparé de l'indécence de son attitude :

— Écoute, j'ai très mal dormi, je peux monter me coucher?

— Bien sûr, prends la chambre de Nicole, comme d'habitude.

Mireille est folle de joie. Le fils est revenu. Un peu de chaleur qui passe, la retenir à tout prix. Elle se sent isolée dans les cinq pièces de ce cottage ouvrier douillet. Plus d'homme pour lui dire qu'elle a de beaux yeux, pour lui parler de cette période de sa jeunesse dont les vestiges disparaissent un à un. La vie change. À peine a-t-on le temps de s'étonner d'une mode qu'elle est déjà terminée. Les jeunes ne s'imaginent pas qu'on puisse aimer à son âge. Comme si on avait cessé d'avoir besoin d'une tendresse qui ne s'adresse pas nécessairement à la vieille femme que l'on est, mais à la femme tout court. Pourquoi a-t-il fallu qu'Oscar cède aux instances de sa fille aînée et aille vivre en Floride? Il lui a bien offert de le suivre, mais un peu trop mollement. En décembre, tous les ans, ils s'échangent des vœux en toute civilité. Elle remarque qu'il commet plusieurs fautes d'orthographe et que sa main tremble. Peut-être était-il trop vieux après tout ? Elle ne pense plus à lui que comme à un ami très lointain.

— Si tu veux prendre un bain, je t'apporte des serviettes.

Il monte l'escalier qui mène à la chambre de Nicole. Sur le mur, sa photo à cinq ans. Il est assis sur un banc sans dossier. Derrière lui, un décor champêtre comme on en plaçait partout à l'époque. La photo en sépia que Mireille a dû regarder souvent dans l'insouciance de sa jeunesse.

Cinq heures de répit, c'est l'envie d'uriner qui me pousse à me lever. Je reviens bien vite au lit, je m'enfonce dans les oreillers, je me rendormirai. Pas un bruit dans la maison. Par la fenêtre entrouverte me parviennent des cris d'enfants. On s'amuse ferme, des pas sur le gravier, chanson fredonnée, une poulie grince. On dirait que rien n'a changé depuis le temps. Nicole a toujours quatorze ans. Des colifichets partout, un ours en peluche, trois étagères de livres, que je lui ai offerts pour la plupart. J'étais son guide, elle me suivait aveuglément. Dans ma splendide candeur, je m'étais donné pour tâche de lui ouvrir des horizons. L'âme d'un pédagogue, voyez-vous ça! Lorsque je retrouve dans les lettres de Stendhal à Pauline cette immense tendresse pour sa sœur, l'émotion me gagne. Julien, protecteur de quelqu'un, est-ce possible? J'ai bien changé sous ce rapport, rien ne m'effraie autant que l'influence que je peux exercer. C'est à moi que Nicole racontait ses déboires au couvent et, lorsque mon père s'acharnait sur elle, c'est encore moi qu'elle sollicitait. Tuteur conciliant, je ne supportais pourtant pas qu'elle soit en compagnie d'indésirables, réglant ses sorties, lui conseillant une certaine prudence. Ce que je pouvais être casse-pieds pendant cette courte période de ma vie où j'ai joué les gardes-chiourmes. Elle a pris ses distances, la Nicole, moi aussi. Les rôles sont maintenant intervertis. Elle a vécu plus que moi, elle doit en connaître un sacré bout sur les rapports entre les sexes depuis le temps qu'elle en fait son affaire presque exclusive. Une nature, pas une femme facile, il n'est pas né celui qui la matera. Comme elle, recommencer à vivre, ne pas perdre de temps. Ceux de mes amis qui publient comme des obsédés, ils ont une idée fixe, faire des livres, occupation futile si l'on veut, mais qui divertit de bien d'autres soucis. Au journal, je m'amuse parfois à surveiller notre romancier-rédacteur en chef qui collectionne les distinctions littéraires, splendide exemple d'appétit de puissance. C'est merveilleux, écrire. Les gens vous regardent en ayant l'air de trouver que vous en avez du mérite de noircir des pages et des pages comme si de rien n'était. Vous les écririez avec votre sang qu'ils ne seraient pas autrement surpris. À dix-huit ans, on croit être le seul à sentir que la vie est absurde, le seul en tout cas à pouvoir la traduire dans des œuvres fulgurantes. On veut parler pour ceux qui ne peuvent le faire, être la conscience de sa classe et tout ce qu'on a réussi ce sont des romans dits psychologiques, mort-nés. On est écrivain, bien sûr, on traîne dans sa poche des petits carnets, sur lesquels on n'inscrit la plupart du temps que des numéros de téléphone. D'autres que vous ont déjà dit que le temps est court; dans des œuvres d'une sublime beauté, ils ont décrit, guidés par une expérience que vous n'avez pas, un désarroi si profond que le vôtre à côté semble bien inoffensif. Écrire quand même, c'est une forme de courage. Si je parvenais à peindre mon émotion d'être ici, de retrouver Mireille, de vivre un peu! Les enfants jouent comme lorsque j'avais leur âge, inconscients de tout, trouvant que les heures ne s'écoulent jamais assez rapidement. Julien, tu ne dois pas porter attention à leurs cris, abandonne ton passé. Tu n'es pas l'écrivain que tu rêvais d'être, le presque surhomme, quelle importance? Ta vie aurait pu être bien différente après tout, tu aurais pu céder aux sollicitations de Louis et te retrouver dans une cour de triage, toi aussi; tu aurais obtenu la main d'une fille du quartier, tu n'aurais même pas les moyens d'avoir cette âme dépressive, d'être un mauvais amant, de te poser toutes ces questions sur les inégalités sociales, la mort et tout le reste. Tu ne serais probablement pas tendre pour la révolution chinoise et tu condamnerais sans appel les étudiants contestataires. Entouré de tes privilèges, tu peux te payer le luxe d'être magnanime. Jusqu'à ta mère qui t'abandonne la maison pour aller aux provisions. Elle te crie quelque chose que tu n'entends pas. La porte se referme. Maintenant que tu as la certitude d'être seul, tu te lèves d'un bond, tu t'habilles pour flâner le plus longtemps possible au milieu de ces objets qui te rappellent ton passé. C'est plus fort que toi. Une volupté certaine, voilà ce que tu ressens, tu te souviens, cette satisfaction inouïe lorsque tu étais seul à la maison, que pour un soir tes parents t'avaient abandonné leur fief. Tu pouvais crier à ton aise, hausser le registre de la radio, ouvrir des tiroirs interdits. Le cœur qui battait très fort quand tu pénétrais dans leur chambre, la crainte d'un retour inopiné. Tu ne trouvais rien évidemment, on ne cultivait pas l'érotisme pictural dans la famille ou l'art épistolaire.

— On ne se gêne pas pour dormir dans mon lit!

Nicole est sur le seuil de la porte, une tablette de chocolat à la main.

— Si tu savais comme j'ai bien dormi.

— Bien heureuse pour toi! Mais qu'est-ce que tu fais ici?

— Un pèlerinage aux sources.

— Moi qui te croyais avec Laurence.

— Je ne l'ai pas jointe, c'est tout.

— Mais à quel jeu joues-tu?

— Tu vas pas recommencer?

— C'est mon côté chiant.

— Tu vas me passer ta chambre pour quelques jours?

— Évidemment. Tu veux rester ici parce que tu as peur d'affronter Laurence?

— Je te laisse le soin d'interpréter ma décision.

— Je n'y manquerai pas.

— Je veux me promener un peu dans le quartier, figure-toi, parler à Mireille que j'ai négligée, ces derniers temps.

— Pour maman, je suis d'accord. Quant au quartier, tu te racontes des histoires, tu ne reconnaîtras personne. Il n'y a plus que des Italiens maintenant.

— Ce sont les rues qui m'intéressent, les maisons.

— Un vrai pèlerinage, je vois. Eh bien! tu manques drôlement de distractions!

— J'ai vu Louis, je vais le revoir, ce soir, tiens. Cesse de manger, tu vas engraisser!

— Dis donc, tu la veux, ma chambre? Il n'y a pas que Laurence que tu rudoies!

— Mettons que je suis un homme qui se cherche.

— Vas-tu te trouver, un jour?

— Non, mais vraiment!

— C'est tellement plus noble de se poser des questions. Sur tout, l'amour, la mort, l'exploitation de l'homme par l'homme et j'en passe! Tu as une si belle âme, c'est de plus en plus rare, viens que je t'embrasse, t'es *too much*! Moi qui n'ai pas tes beaux principes, je suis une vilaine petite bourgeoise qui s'avoue comme telle. Ce qui reste du quartier en moi, je fais tout pour m'en débarrasser, mais naturellement, sans me forcer. Si ça paraît encore, tant pis, je me rendrai pas malade pour autant. Quand je suis ici, dans cette rue, j'étouffe, je ne comprends pas que tu viennes t'y réfugier. Il faut donc que tu te sentes bien coupable.

— Coco, il n'y a qu'un endroit au monde où on a eu douze ans.

— Tu es vraiment touchant. Moi, je voudrais être de nulle part, tu sais, ces personnes qui naissent à Paris, étudient à Moscou, se fiancent à Pékin et meurent à Glasgow. J'aimerais une vie de grands palaces, d'ailleurs il n'y a que les intellectuels pour se faire des scrupules. Les ouvriers n'ont qu'un but, sortir de leur merde et tes problèmes de conscience les feraient sourire s'ils les connaissaient. Pour aider Louis, tu n'as pas à tant te tracasser. Écoute-le, prête-lui de l'argent, donne-lui à boire, tape-lui sur le ventre en évoquant de vieux souvenirs, mais surveille tes attitudes. Qu'il ne sache rien de tes scrupules, bon sang!

Lorsque Nicole part à son tour faire des courses, Julien a réussi à se trouver parfaitement ridicule. Il ne s'agit que d'un vieil ami à retrouver avec le moins de distance possible, rien de plus. La mauvaise conscience peut tout gâcher. Les privilèges qu'il a conquis, un à un, ne l'empêcheront pas d'écouter Louis, même s'il est condamné à être à ses yeux un être d'exception, un homme en dehors du coup. Encore que, du temps où il était à l'université, il avait souvent l'impression de paraître dans son milieu une sorte de benêt pour qui l'intelligence palliait l'incompétence manuelle. Louis ne s'était-il pas toujours moqué de ses diplômes, de ses livres? Pas pour rien qu'il s'était éloigné de lui! Pas pour rien que... Et de toutes façons, j'en ai assez de ce passé incommodant, moi, Julien, j'ai l'habitude des départs inattendus, n'est-ce pas, Laurence, je ne vais pas rester ici plus longtemps, à me creuser la tête sans raison, j'étouffe! Je gribouille une note à l'intention de Mireille, lui expliquant que j'ai décidé de rentrer à mon appartement pour un travail urgent, je l'embrasse bien fort, je reviendrai plus souvent, c'est vrai, j'en ai la ferme intention, elle le mérite tellement, je ne serai plus un fils négligent, jamais plus. Regard attendri sur les meubles du salon, le nouveau divan, la lampe que j'ai offerte à ma mère, il y a plus de vingt-cinq ans, d'un mauvais goût touchant, je m'apitoie toujours sur moi, je referme la porte, la fuite continuera ailleurs, je ne tiens plus en place, retrouver Laurence au plus tôt, besoin d'elle, même si ce matin je me disais que j'en avais assez de ces femmes compliquées pour qui la vie n'est que problèmes, les miens me suffisent, amenez-moi, je vous en prie, une compagne simple, qui n'attende rien de moi, et puis non, c'est elle, Laurence, la femme de mon amour, de ma mort.

Inexcusable, il était vraiment inexcusable de ne pas avoir prévenu Laurence de sa visite. On n'arrive pas ainsi à l'improviste, quelle que soit la raison qu'on puisse avancer. Les belles manières, toujours. Il n'empêche qu'il est dans l'ascenseur qui mène à leur appartement. Leur appartement, parfaitement, puisqu'il a continué à payer sa part de loyer. C'est vrai, tiens, c'est au moins une indication de sa volonté de revenir, non ? Solution plus cruelle en vérité, une sorte de menace qui pèse sur elle. L'amoureux distrait reviendra, un jour. L'amoureux, tu me fais rire avec ton vocabulaire. Quel autre nom donner pourtant ? Un homme qui a des attentions, qui la plupart du temps se comporte avec douceur, qui n'élève jamais la voix. Un être de compréhension comme il ne s'en fait plus. En période de crise, c'est différent, un monstre qui ne pense qu'à se défaire de ses chaînes. Entre eux, pas de ces tendres sobriquets qui témoignent si fort, malgré tout, de l'intensité d'un amour. Il est vrai que ce prénom, Laurence, lorsqu'il est prononcé d'une certaine façon a sa petite musique, c'est une caresse à votre oreille. Essayez en détachant bien chaque syllabe, Lau-ren-ce. Inexcusable, c'est évident, mais le voici dans l'ascenseur, dans dix secondes il en sortira, le temps peut-être de maîtriser sa nervosité. Est-ce seulement de la hâte qu'il ressent. C'est plutôt… Quelques pas à franchir, on verra bien, aller droit au but, trop tard pour rebrousser chemin. Faire comme s'il était attendu. Heureusement qu'il n'a pas cédé à l'impulsion d'acheter des fleurs, il aurait été indélicat, surtout ne jamais donner l'impression qu'on veut se faire pardonner. Le bruit de la radio. Elle est là. Il appuie sur le bouton de la sonnerie, sans résultat apparent. Peut-être est-elle dans la baignoire? Elle lui a souvent raconté que dans les moments de grande solitude elle y passe des heures. Elle y trouve de l'apaisement. À moins qu'elle n'ait laissé la radio ouverte pour qu'on la croie présente. La crainte des cambrioleurs, une lubie de bonne femme. Sont toutes comme ça. Double serrure. Ne sait plus s'il doit se plaindre de la situation ou s'en féliciter. Un dilemme comme on en trouve dans le genre de romans qu'il a écrits à ses débuts. La peur de décevoir. Qui s'attendait-elle à trouver, à supposer que…? Certes pas l'amoureux fou qui lui écrivait jusqu'à trois lettres par jour lorsqu'il était en voyage, qui lui demandait de s'enfermer avec lui des semaines complètes pour que rien ni personne ne vînt déranger leur intimité. Une stricte vie à deux, terrible, exigeante, qui résumait pour lui toute vie sur terre. Se retrouver, certes, mais ne plus tenter cette gageure impossible d'une existence emmurée, repliée sur elle-même, si épuisante à la fin, intenable. La radio joue toujours, un bulletin de nouvelles a succédé à une chanson de Charlebois. Madame Golda Meir se rend en Autriche. Par ailleurs, les relations sont de plus en plus tendues entre… Et si Laurence n'était pas seule à l'intérieur? Les moments de jalousie intense qu'il a ressentie au début de leurs relations, alors qu'elle se défaisait trop lentement à son gré d'un vieil ami. Il ne vivait que pour elle, ne comprenant pas qu'elle puisse éprouver le besoin de recevoir en son absence un homme qui risquait d'être un rival. Il ne lui faisait pas la tête, mais semblait si triste qu'elle avait fini par ne plus voir cet ami charmant, qui n'avait que le tort de l'avoir aimée jadis. Et si c'était lui, Julien, qu'il s'agissait d'éloigner maintenant de la même façon? *J'ai l'impression que tu ne vis plus avec moi, que tu ne songes qu'à partir.* Vocabulaire ridicule de l'amour que manient si bien les femmes. La plupart d'entre elles en sont restées sous ce rapport à *Autant en emporte le vent.* Les autres ne veulent rien savoir de nous, elles ont démonté le mécanisme de nos fantasmes, plus d'entourloupettes possibles, elles éclatent de rire dès que nous entreprenons l'abordage. Et puis, non, je ne vais pas me mettre à tergiverser c'est ridicule à la fin ou elle veut reprendre la vie commune ou elle a appris à se passer de moi ce n'est pas un drame après tout je voudrais bien faire l'amour une dernière fois oui parfaitement moi qui me crois l'être délicat par excellence fichez-moi la paix avec vos délicatesses d'enculé ce n'est quand même pas le moment de réfléchir de cette façon pas un dégoûtant personnage qui ne songe qu'à se soulager comme une brute la femme n'est pas l'instrument de tes plaisirs encore un mot de curé son corps après tout elle a bien le droit de le réserver à qui elle l'entend comme ma première femme l'épousée divorcée qui fait tant d'embonpoint je n'ai rien à dire sur ses fréquentations elle aime les musiciens en chômage la dernière fois qu'elle a insisté pour me voir m'emprunter de l'argent j'avais même un peu honte trop grosse décidément énorme avec cela elle s'habille mal comme toutes les grosses on n'a pas idée de se laisser aller comme ça et puis zut je vais peser de nouveau sur la sonnerie je verrai bien j'ai été goujat d'accord mais elle comprendra elle a souvent compris elle a toujours dit qu'elle ne pouvait m'en vouloir longtemps c'est si rare de nos jours un homme qui fait montre de tendresse je serai dorénavant plus conséquent avec moi-même sept ans de vie cahoteuse mais c'est une vie Laurence la seule que nous connaissons alors…

Il n'a même pas besoin d'appuyer de nouveau sur le bouton. La porte s'est ouverte sur Laurence en robe de nuit.

— C'est toi…

— J'aurais dû prévenir, excuse-moi.

Elle le regarde fixement. Nulle trace d'émotion, s'efface pour le laisser passer.

— Il y a longtemps…

— Très longtemps.

— Tu te rends compte?

Il s'assoit sur le canapé, elle choisit un fauteuil assez éloigné de lui. Elle ne pleure pas. Ce ne sera pas tout à fait comme les fois précédentes, accueil réservé, air accusateur ou indifférent, il l'ignore encore.

— Ça ne se reproduira plus.

— Ah bon! ce n'était pas définitif? Je ne croyais pas que tu reviendrais. Même ta mère n'avait pas de tes nouvelles.

— Tu lui as téléphoné?

— Le journal… On a essayé de te joindre, trois fois.

— Si tu savais comme je regrette.

Il veut se rapprocher d'elle, la toucher. Intenable de se sentir à distance, comme au tribunal.

— Non, pas cette fois, Julien. C'est gentil à toi de t'être soudainement souvenu de moi, mais je ne marche plus. Tu repartirais dans cinq mois, de toute façon. Fini, c'est fini. Une séparation, après tout, c'est fréquent. Il y a des tas de couples qui se séparent de par le monde. On ne va pas en faire un drame. Nous avons été heureux pendant quelques années, c'est déjà beaucoup. Il est évident que je t'embête, que je t'agace. Je m'en aperçois. Tu reviens parce que tu crois que je ne peux pas vivre sans toi. Tu ne veux pas me faire de la peine. Julien, je n'ai pas besoin que l'on s'apitoie sur moi.

— Il ne s'agit pas de cela.

— J'ai bien peur que ce ne soit le cas, au contraire. Je ne veux plus vivre dans l'incertitude, tu comprends? Il n'y a plus que des problèmes d'ordre pratique à régler. Je ne conserve pas l'appartement. Le bail se termine dans trois mois. Il y a de tes choses ici, quand passeras-tu les prendre?

— On peut se parler un peu, non?

— Je n'en vois pas l'utilité, Julien. Pas question de recommencer. Je ne crois pas que tu sois maître de tes impulsions, je suis trop terre à terre pour toi. J'ai besoin d'un homme à qui je puisse me fier totalement. Je ne suis pas femme à tout remettre en question sans cesse. Ça me tue, ces interrogations ininterrompues, qui font ta joie. Je ne veux plus penser, la réflexion m'ennuie, je veux me divertir avec des gens simples.

— Je ne dis pas que tu n'as pas raison, je ne sais pas. Il ne faut rien brusquer.

— C'est toi qui parles de ne rien brusquer?

— Tu sais, j'ai beaucoup…

— Beaucoup réfléchi. Une fois de plus. Tu en avais le temps, de toute façon. Une seule chose à faire, réfléchir.

— Si tu voulais, nous pourrions peut-être faire un voyage, où tu voudras.

— Pourquoi pas nous marier, tant qu'à faire? Ça plaît tellement aux femmes, ces histoires-là!

C'est pendant qu'elle éclate d'un rire nerveux qu'il s'approche d'elle. Il n'a rien perdu de la froideur de ce rire, mais il est trop occupé à vaincre une résistance imprévue pour s'y arrêter.

— Non, Julien, il n'y aura pas de voyage, encore moins de mariage. Ce dont nous avons à parler est plus direct. Quand passeras-tu prendre tes effets? Il est préférable que je ne sois pas là, ça te simplifiera la tâche. Autre chose, j'ai versé à ton compte de banque ta part de loyer pour ces dernières semaines.

— Tu sais que ces histoires n'ont aucune importance pour moi.

Le grain de beauté à la naissance du cou refaire l'expérience inoubliable de cette soirée de juillet où nous nous sommes rencontrés à la sortie d'une salle de cinéma nous connaissant à peine elle avait accepté de me suivre dans un bar puis à mon appartement parce que disait-elle elle avait envie de moi à cause de mon air timide à la Jean-Louis Trintignant ou encore l'impression que je donnais de sortir d'un roman de Stendhal plus Mosca que Fabrice tendre et cynique à la fois l'air de ne croire à rien moi qui pourtant n'ai jamais cessé d'espérer l'éternité oh non qu'elle ne cesse jamais cette exaltation qui nous est permise à nous pauvres humains la descente dans l'autre comme pour en extirper le désespoir la recherche toujours nouvelle jamais déçue du plaisir ah oui je me rappelle la soirée très chaude on se demandait en riant ce qui nous avait pris d'aller au cinéma plutôt qu'à ce chalet de campagne d'un ami commun où nous nous serions vus de toute façon mais je n'aurais jamais osé dans ces circonstances avec tous ces gens lui proposer cette chose qui allait devenir si naturelle entre nous et moi si ému de la voir se dévêtir.

— J'ai envie de te parler.

— Il faut être raisonnable, Julien, j'ai sommeil.

— Tu voudrais que je m'en aille ?

— J'en ai bien peur.

— On se reverra quand même ?

— Il n'y a plus de raison.

— On s'était juré que quoi qu'il arriverait, on reste-
rait copains.

— Qu'est-ce qu'on n'a pas dit !

Et c'est Julien qui, la voix brisée, parvient à articuler :

— Il y a quand même eu de bons moments, non ?

— Je ne sais plus.

— Sache au moins que…

Julien n'acheva pas sa phrase. À quoi bon ? Laurence
lui semblait ailleurs, il ne pourrait jamais l'atteindre. Les
ruptures l'avaient toujours mis dans des états impos-
sibles, mais cette fois il avait le sentiment que c'était son
être même qui se défaisait. L'appartement où il avait vécu
si longtemps lui semblait un lieu étrange où régnaient des
objets connus.

Aux jours fastes, Louis habitait chez Rita. Tous les mois ou à peu près, sa sœur menaçait de mettre fin à un arrangement qui dura tant bien que mal plus de six ans. Rita, l'aînée de la famille, celle qui avait remplacé la mère morte en couches, à la naissance de Louis ; une maîtresse-femme qui promenait avec assurance ses chairs abondantes et son visage adipeux. Devant elle, Mireille elle-même se comportait en petite fille. Que dire alors de Louis qui la tenait pour sa mère ? En échange d'une pension raisonnable, il trouvait chez elle la chaleur d'un foyer. Ce qui ne gâtait rien, Charles, le mari de Rita, petit homme chétif au regard fuyant, se vengeait de la tyrannie conjugale en levant le coude chaque vendredi soir. D'une sobriété totale les autres jours, il arrivait ce soir-là à la maison avec ses deux caisses de bière. On s'imaginait mal qu'un être si minuscule pût porter si allègrement une telle charge. Louis ne se faisait pas prier pour se joindre à lui, lorsque Marianne ne réclamait pas sa présence. À la lumière de l'alcool, les deux beaux-frères découvraient qu'ils n'avaient aucune affinité, que leurs idées sur les femmes, les syndicats ou la politique ne concordaient pas, mais il était merveilleux de pouvoir se rendre jusqu'à l'aube en se donnant une importance qu'on n'avait pas dans la vie. Charles parlait d'une boutique de fleurs qu'il ouvrirait, à sa retraite, et qui lui permettrait de voyager à son goût. Il s'était mis dans la tête que nulle combine ne pouvait lui permettre de s'enrichir plus rapidement. Lorsque Louis lui représentait les caprices de ce genre de commerce, lui rappelant, la langue pâteuse et les yeux lourds de sommeil, qu'il ne fallait pas compter que sur les profits bruts, Charles se fâchait, lui disait qu'il n'était qu'un journalier sans envergure, et leurs agapes se terminaient par des insultes. Rita n'osait pas se lever pour les engueuler tellement, à ces moments-là, son emprise restait sans effet. Elle savait que le lendemain elle reprendrait le gouvernail. Louis regardait Charles dans les yeux, lui disait qu'il était laid et que Marianne ne l'aurait jamais accepté, lui. La réplique était toujours la même : il ne s'amusait pas avec les femmes mariées, par principe. « Je sais pourquoi tu trompes pas ma sœur, Charles, t'aurais trop peur de payer des fleurs à ta maîtresse ! Les fleuristes font assez d'argent ! » Pourquoi avait-il fallu qu'une nuit, il lui dise qu'il n'était, tout compte fait, qu'un impuissant ? Il avait dépassé les bornes. « Mon écœurant, je veux plus te parler, jamais, t'as compris ? Tu vas prendre la porte ! » Cette fois, Rita dut intervenir, car son mari voulait étrangler le pauvre Louis. Un petit homme, Charles, mais qui avait du nerf. La colère lui donnait la vitalité des grands moments. Immense dans sa robe de nuit à carreaux, elle avait pesté contre cette maudite boisson qui abrutit les hommes. Le lendemain, au petit déjeuner, elle lui indiquait qu'il n'était vraiment plus possible de perpétuer cette vie à trois. Charles lui avait donné quatre heures pour mettre fin à la situation. Pour le moment, il était au marché, comme tous les samedis matin. Louis avait accepté la mauvaise nouvelle sans broncher. Depuis que ses relations avec Marianne s'étaient compliquées, il n'attendait pas les cuites hebdomadaires de son beau-frère pour trinquer. Si au moins il n'avait pas pris l'habitude de vomir partout et de devenir agressif! Pour protéger son Charles, leur tranquillité aussi, elle avait dû adopter les grands moyens. Bien à contrecœur, pensez donc, elle pleurait, se sentait comme une mère qui jette son fils à la rue. Mais pourquoi avait-il attaqué son mari de la sorte? Impuissant, impuissant, quelle importance, de toute façon, à soixante-trois ans! Il n'avait jamais été porté sur la chose, son Charles, mais cela les avait-il empêchés d'être heureux? N'était-il pas mieux d'avoir à ses côtés un homme qui se contente de placer sa tête au creux de ses seins qu'un enfant comme Louis qui, à quarante ans passés, songe encore à l'amour de façon ridicule? Il donnerait tout, celui-là, pour qu'une femme écarte les jambes! Elle lui avait connu tant de petites amies qu'elle avait depuis longtemps renoncé à les compter. Mais aller tomber amoureux de Marianne Langevin, elle était bien bonne! Elle qui depuis l'âge de quatorze ans faisait de l'œil aux hommes! Quand elle travaillait à la pharmacie, son mari devait la surveiller. Toujours en train de flirter avec un client ou de se faire peloter par un commis. Pas pour rien qu'elle a quitté le quartier pour LaSalle! Trop de choses à cacher! Louis avait toujours eu le don de se compliquer la vie, mais là, c'était un comble! Au lieu de cette diablesse hypocrite, pourquoi ne cherchait-il pas une compagne plus apte à le comprendre? N'avait-il pas besoin d'une mère, après tout, elle le savait mieux que personne? Comme s'il avait manqué de femmes, lui qui devait se cacher parfois pour avoir la paix. Elle en avait raconté des mensonges au téléphone pour le sortir d'embarras! Mais Louis ne l'avait jamais écoutée, une tête folle, un écervelé qui ne vieillirait jamais! Les reproches de la grosse Rita n'allaient jamais plus loin. Elle les gardait d'ailleurs pour elle, incapable de la moindre hostilité.

Quand Louis s'enfermait dans sa chambre, ayant étalé sur son lit des photos de son fils et de Marianne, quelque vieux disque d'Elvis Presley ou de Chuck Berry tournant sur son électrophone, à quoi pensait-il au juste? La frustration qu'il devait ressentir de côtoyer ce couple qui vivait un destin à peu près normal! Il devait s'exagérer leur bonheur en amoureux éconduit qu'il était. Rita, ses manies autoritaires teintées de bonhomie, la présence de Charles qui balbutiait de satisfaction devant des pantoufles qui ne manquaient jamais à l'appel, tout cela le rassurait et l'inquiétait à la fois. Derrière la porte, il demandait à des microsillons rayés de lui restituer l'époque où il avait vingt ans. *Roll Over Beethoven, Sincerely, Kisses Sweeter Than Wine, My Blue Suede Shoes,* Louis chante à tue-tête, esquisse un pas de danse, imite avec sa bouche le son d'un saxophone, se contorsionne comme un guitariste en transe ou comme ce Little Richard qu'il a vu en spectacle à Atlantic City, la belle époque, toute cette mascarade derrière la porte, on le supplie de faire un peu moins de bruit. Il crie de plus belle, entame *Honeycomb* comme s'il avait une veste lamée et que des projecteurs l'inondaient d'une lumière bleue. Tant pis si Charles n'entend pas sa télévision, qu'il aille chier, cet obsédé qui s'installe devant son poste en mangeant et ne le quitte qu'à deux ou trois heures du matin, qu'il se masturbe au sang, on n'a pas le temps de songer à lui, on est à Las Vegas, une salle archicomble! Cette fois où Louis, exacerbé par une longue bouderie de Marianne, lançait des disques sur le mur en criant que les femmes étaient toutes des putains qui ne songeaient qu'à leur sécurité. Ah! les belles chansons d'amour, Perry Como, Eddie Fisher, les Montovanni de mon cul, la musique qui te fait bander sans te satisfaire, pan! sur le mur, à bas les mensonges payants! Dommage qu'on ne soit plus à l'époque du soixante-dix-huit! Ils auraient éclaté avec un bruit sec. Même ces plaisirs-là lui sont refusés, bordel de bordel! Rita l'exhortait de cesser le vacarme, le suppliait, vociférait, pleurait, promettait d'intercéder auprès de Marianne, rien n'y faisait. Ce genre de satisfaction ne dure pas, elle aurait dû le savoir. Au bout du dixième disque qui retombait sur la moquette avec un bruit à peine audible, Louis se mettait à sourire, apaisé, la tête entre les mains avant de s'endormir. Tout cela était bien fini maintenant. Il avait emménagé dans cette

chambre d'hôtel bon marché, croyant que Rita ne tarde-
rait pas à s'émouvoir de son dénuement. Lui qui l'appelait
sa petite maman, l'embrassant dans le cou, la chatouillant
jusqu'à ce qu'elle le supplie de la laisser tranquille. Il lui
rendait visite toutes les semaines, lui apportant de ces cho-
colats Laura Secord qu'elle aimait tant, mais il n'était
jamais question d'un retour chez eux. Aux dernières nouvelles, Charles, affolé par son état de santé, avait réduit sa
consommation de bière. Vivant à l'économie, il se cou-
chait tôt et se contentait de trois bouteilles de Molson.
Charles sans la bière n'était plus Charles, à peine un petit
homme qui gobait de la télévision comme d'autres les ser-
ments d'amour. La collection de disques de Louis, c'est
Rita qui en avait hérité. Un embarras pour elle, du reste,
elle ne s'était même jamais donné la peine d'apprendre le
fonctionnement de l'électrophone qu'il avait aussi abandonné derrière lui. Presque un an que la situation durait.
Il n'avait tout simplement pas le courage de chercher un
appartement plus convenable. Financièrement les choses
se gâtaient. Pas plus que les hommes, les chevaux ne l'ai-
daient. La vie à l'hôtel, de toute façon, finit toujours par
coûter plus cher. Pensez, à peine quelques marches à descendre pour retrouver les copains de la taverne, ceux-là
mêmes qu'il connaissait depuis des années. De temps à
autre, il achetait des babioles, un réveil aux formes nouvelles, un transistor à cadran lumineux, même un couvre-
pieds pour remplacer celui de l'hôtel dont le coloris vert
malade le déprimait. Voulant de quelque manière que ce
soit se donner l'impression qu'il était encore en vie, il

demanda à Rita de lui remettre une de ses photos qu'il épinglerait au-dessus de son lit. Elle avait pleuré en la lui tendant. C'était sûrement Charles qui ne voulait pas de lui! La grosse Rita avait trop de cœur pour le laisser pourrir là! Tous les soirs, après dîner, Louis faisait la sieste, lisait des livres de poche américains, essayait de se passionner pour la télévision, mais il identifiait tellement le petit écran à son beau-frère qu'il était incapable de le regarder bien longtemps. Il finissait toujours par aller parier sur des chevaux ou par descendre à la taverne. Certains soirs de cafard, il lui arrivait de raconter sur un ton de confidence des histoires sentimentales où il se donnait le beau rôle. Parfois, on se payait sa tête avec indulgence, parfois aussi on le tenait pour un bourreau des cœurs. Tout devenait prétexte à renouveler les consommations. Il aimait ce réseau d'amitiés qui se créait autour de lui. Ce n'était pas leur faute si Marianne se comportait si mal. Ils faisaient même leur possible pour le divertir, se moquant de lui, de sa passion des courses, du goût qu'il avait gardé du rock and roll de son adolescence et surtout de cette femme dont ils savaient tout. On se moquait de lui, mais avec tellement de chaleur qu'il ne songeait pas à en prendre ombrage. La taverne, c'était pour lui la sécurité. Ses véritables ennuis, il se les attirait aux courses. Cette fois où il avait dépensé en une nuit quatre fois plus que les cent vingt dollars que ses mises lui avaient rapportés! Le moindre gain le faisait exulter de joie, il buvait alors superbement, généreux comme un prince et d'une curiosité pour les êtres qui devenait dangereuse.

Son mois de congé terminé, il rentre au journal, ni heureux ni mécontent. On s'est sûrement passé de lui sans problèmes, se partageant son travail, réussissant peut-être à faire avec intérêt ce qu'il n'exécutait plus qu'avec métier ; les lecteurs ne se sont aperçus de rien, les rouages de la société sont en place ; l'entreprise réalise des profits, elle s'accommode de tout, des contestataires modérés, qu'elle garde à son service pour masquer les apparences, comme des autres. La machine a neutralisé depuis longtemps le journaliste brillant et anarchiste que se voulait Julien, à ses débuts. Rue Saint-Jacques, démarche rapide comme s'il se dirigeait vraiment quelque part, chez un financier, par exemple, à qui il devrait poser des questions sur la lutte des classes. La lointaine époque où il projetait de se vouer à la culture populaire, ces pages rédigées en style simple que les dactylos et les commis liraient en même temps que les échos sportifs. La belle et prétentieuse naïveté ! Le filmer, lui, Julien, dans sa vie de tous les jours, au restaurant, à son appartement, à la salle de concert, le cœur à gauche, le portefeuille à droite, faire un montage nerveux, des scènes de l'enfance que télescoperaient des visions de l'âge mûr, le montrer dans son état de favorisé par rapport au milieu, insister pour que disparaisse à tout jamais cette tendance à la complaisance. Le titre du film en lettres rouge vif, *La Terrible Ascension sociale* ou *Les Penseurs du peuple...* Ses confrères qui font tout pour se prouver à eux-mêmes et aux autres qu'ils ne sont pas des bourgeois, qui veulent à tout prix se réclamer du peuple. Ils écrivent des livres, font des films qui louchent vers la classe ouvrière. Ce sont des êtres généreux pour la plupart, mais ils ne savent pas à quel point les gens des quartiers populaires leur cracheraient au visage si on leur expliquait que ces fictions n'en sont pas, mais qu'elles ont pour but de les décrire, de les exprimer. Malaise profond devant tous ces gens qui se penchent sur les autres, qui prétendent être des porte-parole. Seul le peuple exprime le peuple. Julien, porte-parole de Julien, et pas toujours. Mais tes confrères, ceux-là mêmes que tu blâmes, ils écrivent, ils ne se torturent pas les méninges pour trouver un sens à la vie. Cesse de les surveiller comme un censeur, et réalise ce projet si cher, dis la valeur inestimable des gens que tu as connus. Oublie tes confrères comme tu as oublié Gabrielle Roy, seules doivent t'importer tes sensations! Chaleur de l'été qui perdure en cette fin de septembre, écrasante humidité, veste froissée déjà, chemisette qui colle à la peau. Un jour où il voulait se rafraîchir, il était rentré à la maison inopinément pour trouver Mireille en pleurs. Il avait voulu repartir en silence, mais elle l'avait aperçu. «Approche-toi, c'est rien!» Pourtant, elle avait des marques sur les bras, sa robe était déchirée. « Il trouve que je dépense trop. » Pour la première fois, elle le prenait à témoin de sa détresse. Il s'approcha d'elle, l'embrassa. Les heures qui suivirent, elle fut aux petits soins avec lui, le cajolant, comme s'il était l'homme de la maison. L'autre était une ombre qui ne quittait le silence que pour maugréer. Moments délicieux, irremplaçables, Julien ne s'apercevait pas des problèmes, du manque à gagner, du chômage du père, des travaux de couture de Mireille qui suffisaient à peine à nourrir la famille. Loin de là, il se faisait une montagne d'un pull défraîchi, d'un paletot d'hiver trop étroit ou de moufles rapiécées. L'impression qu'il avait d'être mal fagoté parce qu'il devait user jusqu'à la corde de vieux vêtements! Dès qu'il avait pu travailler, le samedi, il s'était hâté de se procurer des costumes à la mode, affectant la correction à l'anglaise que lui proposait Holt Renfrew à l'occasion de soldes saisonniers. Ce qu'il avait été ridicule de compliquer la vie de Mireille pour si peu! Il ne pouvait pas lui reprocher de ne pas travailler, elle qui peinait jusqu'à la nuit pour confectionner des robes de mariage ou de première communion! Ils étaient combien à devoir s'accommoder d'accrocs ou de chandails délavés? Au moins, il ne lui était jamais arrivé de rater l'école parce qu'il n'avait pas de chaussures. C'était fréquent chez les autres. D'ailleurs, ses griefs avaient été rétrospectifs. Mille fois plus coupable alors, vingt ans, la tête bourrée d'idées de révolte, de justice sociale, mais incapable d'apprécier à leur valeur les gens qui l'entouraient. Enfant, le jeu le mobilisait, c'était une occupation à plein temps. Autour de lui, on travaillait en usine, on profitait de la renaissance économique causée par la Seconde Guerre mondiale pour fabriquer des armements. Mireille fera même son effort de guerre, trois mois dans une usine de munitions qui la dégoûtent à tout jamais du travail à l'extérieur. Mieux vaut s'user les yeux sur sa machine à coudre, d'ailleurs l'argent est moins rare, on peut hausser un peu ses tarifs. Rita est toujours à l'Imperial Tobacco, se croyant de plus en plus obligée de fumer des Player's. Louis n'a que treize ans, mais parle déjà de quitter l'école pour se joindre à cette main-d'œuvre canadienne-française bon marché, fidèle au travail, capable d'obéir, condamnée à l'asphalte, aux dentitions artificielles et aux beuveries de fin d'année. Les hivers sont rigoureux et le genièvre généreux. On avait le vin gai, on dansait, on s'empiffrait, on chantait. Le vin, c'était le Saint-Georges en gallon; la musique était américaine pour les jeunes, campagnarde pour les plus de trente ans. L'alcool apportait le bonheur que la vie distribuait trop parcimonieusement. Dans cette société, seuls ceux qui buvaient pouvaient se donner l'illusion de protester, de vivre un peu. Les autres étaient des bêtes de travail et de soumission. Leur seule arme était la fierté. Voilà ce que Julien pensait, lorsqu'il arpentait les rues de son enfance, les avenues de ce petit monde qui avait été le sien. À la même époque, sur d'autres continents, devait s'épanouir une misère plus grande encore, mais c'était celle-là qui le préoccupait. Il n'avait sûrement jamais assez dit à Mireille que rien de ce qu'elle lui avait apporté depuis sa naissance n'avait contribué à son désarroi. Ce désarroi que Laurence elle-même ne pouvait plus contribuer à chasser. Le dynamisme ne lui était jamais venu que par poussées. Témoin de sa vie, autobiographe impénitent, il cultivait depuis l'enfance sa marginalité, condamné à l'exclusion, incapable de s'engager pour bien longtemps dans quelque action que ce soit. Il avait tâté de tout du bout des dents jusqu'à la trentaine, amour, métier, écriture, engagement politique, vie tout court. Puis le vertige s'était emparé de lui, la sensation affolante de ces jours qui meurent aussitôt nés, la difficulté d'avoir prise sur son destin. S'apercevoir tout à coup de la chance qu'il avait eue de naître dans une famille où l'on s'aimait, où la tendresse était efficace, où l'agressivité d'un être ne trouvait pas à donner le ton ! Julien le savait maintenant, son père était devenu fou parce qu'il se sentait exclu de cette communion de sentiments. Et quant à lui — c'était là l'horrible — il avait fui Laurence parce qu'il se savait de plus en plus en dehors de la vie. *Même d'elle.* L'amour si violent qu'il avait ressenti pendant des années, croyant fermement qu'en la perdant il perdait tout, ne la laissant jamais, cet amour l'avait rattaché au monde. Il avait enfin compris, grâce à elle, qu'on pouvait souhaiter avoir des enfants, prendre racine, quitter l'univers du soliloque. Il lui arrivait encore, alors, de s'interroger sur le temps qui dégrade tout, mais les véritables problèmes étaient reportés à plus tard. L'amour le divertissait de ses angoisses coutumières. Il s'étourdissait de passion comme un manœuvre s'étourdit de travail physique. Lorsqu'il s'agissait de remplir un wagon, Louis s'aveuglait à la tâche, oubliait que la besogne était toujours à recommencer. Pas une minute à perdre, pas le temps de rédiger de longs textes sur l'avenir culturel du Québec, de se demander si les arts de participation ont véritablement un avenir ou de tourner en rond autour de l'immeuble qui abrite les bureaux du journal. Ne pas reprendre tout de suite l'esclavage, un mois c'est si vite passé, retrouver les mêmes visages, donner les mêmes poignées de mains, entendre les mêmes propos, voir des intrigues se nouer médiocrement, s'intégrer bon gré mal gré à la routine. Non, il fallait suer à grosses gouttes, pousser le diable, lancer des caisses comme s'il s'agissait de ballons de football. C'était fou, l'agilité qu'il avait acquise à cet exercice, en même temps que les courbatures des membres et les mains calleuses. Pas pour rien que Louis avait des élancements qui le faisaient grimacer de douleur au milieu d'une conversation. Un été, Julien avait connu un travail de ce genre, développant lui aussi de ces automatismes qui hâtent le travail, mais vous déforment. Il savait cependant qu'il échapperait bientôt à ce monde de l'abrutissement, qu'il n'était pas lié pour la vie à une machine. Dire que des êtres humains empileraient des caisses à longueur de journée pendant dix, quinze ou vingt ans pour être ensuite congédiés ! Sauf exception, personne n'aimait son travail. On disait couramment à Julien qu'il avait de la chance de pouvoir retourner à ses études. On ne lui en voulait pas de ses privilèges, mais on les voyait si clairement qu'il en était parfois agacé. Quand il suivait à la taverne ses compagnons et qu'il se mettait à jurer, ils le regardaient du coin de l'œil, comme s'ils croyaient qu'il jouait la comédie. Il n'y avait pourtant aucune différence entre eux et la bande de la taverne La Vérendrye. Le même vocabulaire, les mêmes tics, mais l'insouciance de la jeunesse avait fait place au désespoir résigné. Sauf quelques mauvaises têtes, qui d'ailleurs faisaient long feu, s'essayant par exemple à former un syndicat, la plupart vivaient dans l'acceptation la plus passive. Julien en était révolté, ne sachant pas encore qu'il n'y a pas de limite à la déveine et que certains d'entre eux avaient connu des occupations plus abrutissantes, moins stables. Dans ce milieu, on ne parlait jamais de malheur ou de mort. Trop occupés à gagner leur vie, craignant si fort la maladie qui les réduirait à la misère, ils étaient plus portés à considérer la mort comme une libération. Et lorsque, fourbu de fatigue, Julien rentrait chez Mireille, après douze heures de labeur, il n'avait que l'énergie de prendre un bain ou une douche. À peine s'il pouvait lire dix minutes avant de sombrer dans le sommeil libérateur. Pour lui non plus, cet été-là, pas question d'angoisse. Il faisait si chaud, la consommation d'eau gazeuse augmentait, les caisses rentraient à l'entrepôt et en ressortaient à une étonnante régularité. Quatre mois soustraits à ses années, c'est tout. Il y avait donc des êtres à qui on enlevait toute vie? Un sursis d'un été. L'épisode de Laurence avait été plus long. Deux ans ou trois d'amour fou, un peu plus peut-être. Maintenant que tout était terminé, que ne subsistait même plus l'espoir que renaissent ces flambées de passion qui le divertissaient, il retrouvait ses fantasmes. Le corps à corps avec la mort pourrait se dérouler sans entraves. Julien entra au journal en chantonnant.

Lorsque Mireille me vit arriver avec armes et bagages, elle fut prise d'un rire nerveux. Elle ne m'attendait même plus. La veille, je lui avais annoncé mon départ par un billet laconique qui lui avait fait craindre le pire. Je revenais pourtant, et en force, le coffre de l'auto était rempli de vêtements et de livres; sur la banquette arrière, des piles de disques; à deux pouces de mon nez, une longue statuette africaine; entre mes jambes, des posters enroulés.

— Mais comment pouvais-tu conduire avec tout ça?

— Difficilement. De toute façon, ma vue est si mauvaise, ça revient au même!

Ma première journée de travail. Agréable malgré tout, une certaine chaleur retrouvée. Pour justifier mon salaire, j'ai proposé une interview avec un dramaturge dont la popularité monte en flèche. Je ne sais rien de ce Serge Bouffard, mais j'ai appris qu'il est né dans mon quartier. Cela a suffi pour que je saute sur l'occasion. Un retour de quelques jours à Côte-Saint-Paul, une enquête

auprès de l'auteur, de ses amis, une façon de me rapprocher de Mireille. Tant pis si, pour ce faire, je dois céder à
des pratiques que je réprouve. Tout ce déploiement
d'énergie pour un jeune homme qui en est à sa troisième
pièce! Enfin, je ne suis pas là pour réformer les mœurs du
siècle.

— Nicole est revenue… Ça marche plus avec
Claude.

— Si elle est là, tu n'as pas de place pour moi?

— Es-tu fou? La maison est grande. Tu coucheras
dans le salon.

— Sur ton divan neuf? Y as-tu pensé?

— Au diable, le divan!

— Tu ne pourras pas dire que tu es seule, cette fois…

— Ça durera pas. Je me fais pas d'illusions.

Le plus rapidement possible, je vide mon auto des
objets que je me suis cru obligé de rapporter. Il en reste
autant à l'appartement. Incapable d'abandonner quoi
que ce soit. Ce sont mes petites possessions qui me tiennent en vie. Savoir au moins où Laurence habitera, veiller
sur elle de loin, la rencontrer à l'occasion, nous avons
trouvé tant de choses à nous dire pendant si longtemps. À
moins qu'elle ne retourne à Québec, chez ses parents, ou
qu'elle n'obtienne un transfert au ministère. Pendant que
je joue au déménageur, l'esprit occupé par un passé qui
m'obsède, toutes ces éventualités me trottent dans la tête.
Malgré mes protestations, Mireille m'aide, range mes
vêtements dans un placard. Je suis complètement fourbu.
Après cinq heures passées au journal, à parler sans arrêt,

je me suis rendu à l'appartement à un moment où je la savais au ministère. Sept fois, j'ai pris l'ascenseur, les bras chargés. Ce que j'ai pu laisser derrière moi, quand même! Jamais je ne romprai les amarres. Je me persuade facilement que c'est elle qui en souffrirait, seule à Montréal, sans famille, ne pouvant compter que sur de rares amies dont le nombre s'est clairsemé par ma faute. Je pose la dernière caisse de livres. A-t-on idée de s'encombrer à ce point? Je lis si peu depuis quelques années. Mireille a rangé tous mes vêtements. Elle ne cesse pas de s'affairer, heureuse de ma présence.

— Les livres, qu'est-ce que t'en fais?

— Je n'y touche pas.

— T'aurais peut-être dû les mettre dans la cave?

— Ça t'embête, hein, de voir ces boîtes dans ta maison?

— Pas du tout. Comme ça, c'est bien fini? Je l'aimais bien, ta Laurence, tu sais.

— J'ai bien peur que tu ne la voies plus. Même moi, il n'est pas sûr que…

— Tu l'as pas volé, mon fils!

— Je ne crois pas, non.

— Avant que je l'oublie, Louis a téléphoné. Soûl comme d'habitude. Au moins, il m'a pas insultée. Il veut te voir le plus tôt possible. Je me demandais si je devais te le dire. Je t'en prie, Julien, perds pas ton temps avec lui. Va pas t'imaginer que c'est un ami pour toi.

— C'est surprenant parfois…

— Voyons! T'as jamais perdu la tête pour une

femme, toi, surtout pas une petite putain comme sa Marianne! Tu t'es jamais comporté en voyou, non plus.

— J'ai surtout les moyens de me contrôler. Quand la passion devient trop forte, je me retire, je décroche pendant deux jours ou un mois. Je suis rusé, Mireille, je me suis assez étudié pour savoir quand m'arrêter. Louis est plus impulsif, c'est tout. C'est du sang qu'il a dans les veines.

— Toi qu'est-ce que t'as dans les tiennes, de l'eau de vaisselle?

Je ne réponds pas. Mireille n'est d'ailleurs plus là, à la recherche de cintres. À l'appartement, j'ai téléphoné à Serge Bouffard. Au début, il m'a semblé qu'il me prenait un peu de haut. Peut-être croit-il déjà que les interviews sont d'inutiles corvées? C'est son droit le plus strict évidemment, et il n'a pas besoin d'insister beaucoup pour me convaincre. Dès que je fais mine de me retirer, il se découvre des disponibilités. Nous fixons un rendez-vous. On ne choisit pas les chemins qui marquent son retour à la vie normale. Mireille est revenue. Peut-être me regarde-t-elle depuis un bon moment? Elle ne se surprendra pas de mon air égaré.

— Veux-tu me dire à quoi tu pensais?

— À des tas de choses réjouissantes.

— Tu caches bien ton jeu!

— Il y a déjà longtemps que j'ai renoncé à te cacher quoi que ce soit.

— Qu'est-ce que t'as? On dirait que t'es tout perdu. Les déménagements, c'est jamais tellement gai, tu sais!

— Mireille, c'est autre chose.

Elle me regarde longuement, avec insistance. Comme si j'avais dix ans et que j'avais brisé un carreau.

— Julien, on a tous peur. C'est évident. Surtout à mon âge, tu trouves pas? Mais moi, je pense à vous deux, j'ai mes souvenirs, mes problèmes. La mort, au fond, je réussis à pas y penser trop.

— Vraiment?

— Pourquoi je te raconterais des histoires? Je t'aime trop, va! Je te connais depuis longtemps, je peux te toucher, t'embrasser, tandis que la mort, ça existe pas pour moi, je l'ai pas encore vue.

Elle me quitte soudainement comme si elle craignait que je n'insiste. Je me trouve bien sot, et j'ai peur.

Julien se rendait à la taverne un peu à contrecœur. La crainte d'être envahi par Louis tout à coup. Que lui voulait-il, cette fois? Il y avait à peine trois jours que… Et s'il se mettait à le poursuivre, à lui téléphoner au journal. Le retour au vieux quartier, d'accord, mais sans obligations trop pressantes. Il ne savait plus depuis longtemps ce que voulaient dire les contraintes, il était un homme libre ou à peu près. Pourtant lorsqu'il vit Louis, la barbe longue, l'air passablement éméché, il s'en voulut de ses réticences.

— Ta mère va encore te dire que je suis un *bum*. Elle a raison. Assis-toi. Qu'est-ce que tu bois?

Sans même attendre sa réponse, il se tourna vers le garçon:

— Gerry, apporte-lui une Molson.

Le garçon se dirige vers le comptoir illico. Sur la petite table ronde, *Le Journal de Montréal* est ouvert à la page des courses.

— Ça non plus ça marche pas. Je suis allé, hier soir, j'ai flambé cent piastres.

— As-tu travaillé aujourd'hui?

— Es-tu fou, toi! Non, je travaille pas demain non

plus. Je profite de ma jeunesse. À quelle heure que t'es parti, l'autre nuit? T'aurais dû me réveiller, t'es toujours aussi gêné!

— Il devait être six heures.

— J'étais pas content quand je me suis aperçu que t'étais pas là. J'avais peur de plus te revoir. On sait jamais, j'aurais pu t'écœurer complètement. On est plus du même monde, c'est pas comme avant. Comme ça, Mireille t'a fait le message. Ça a dû t'achaler, hein? T'as dû te dire que j'étais collant?

— Mais non. Ce soir, j'étais libre comme l'air.

On dépose une bouteille sur la table. Gerry s'éloigne en faisant résonner les pièces de monnaie qu'il porte dans une sacoche attachée à sa ceinture.

— Qu'est-ce que ça veut dire, ça, libre comme l'air? T'as pas de femme?

— Exactement comme toi, mon Louis.

— C'est elle qui t'a mis à la porte ou c'est toi qui es parti?

— Elle.

— Pas de farce? On va arroser ça.

— Pas à la bière. Si tu savais comme j'ai été malade, l'autre soir.

— Je comprends. C'est moi qui te tenais la tête au-dessus du lavabo. C'est pas une raison pour boire de l'eau, c'est bon pour les grenouilles. Oublie que t'es un monsieur. Pour une fois, mets-toi à mon niveau.

Julien voudrait protester, il se contente de tremper ses lèvres à une bière trop froide.

— Elle continue à pas vouloir me parler au téléphone, la maudite! J'ai essayé toute l'après-midi.

— Dans ton état, il est peut-être mieux que tu ne lui parles pas.

— Je suis pas soûl, aie pas peur! Je sais ce que je dis, j'ai toute ma tête. Je l'aurais pas engueulée, Julien, je suis pas capable. C'est simple, je suis pas capable. Je lui aurais rappelé des souvenirs, je lui aurais promis de plus boire, n'importe quoi. Ris pas. Je suis capable d'arrêter. J'ai rien pris pendant trois ans, une fois. Pas une goutte. O.K., tu me crois pas, t'as raison. J'ai arrêté quatre mois. Ça, c'est vrai, par exemple. J'en ai de la volonté quand je suis convaincu que ça vaut la peine.

À l'époque, le mari de Marianne voyageait beaucoup à titre de président d'une association professionnelle. Elle se disait prête à l'abandonner, il s'agissait de patienter un peu. Louis l'avait crue dur comme fer. Ne buvant plus que du café, il économisait tout ce qu'il pouvait. Toute occasion de faire du temps supplémentaire lui paraissait bonne. Se tuant au travail, il parvenait presque à se persuader qu'il était capable d'une vie rangée. Un jour, le mari ayant cessé de voyager, Marianne devint moins disponible.

— On se rencontrait dans des bars, dans des motels. Les motels, ça me gênait. J'avais l'air d'un gars qui suit une call-girl. Je connaissais la gammique. Tu parles d'une place pour rencontrer la femme de ta vie! Une fois par semaine, pas plus, quand c'était possible. Des fois, c'était elle qui payait le motel. J'avais l'impression d'être un étalon, c'est simple. Quand on s'en allait, elle dans sa

Mustang, moi dans mon Eldorado, c'était épouvantable. Elle pleurait. Moi, j'étais tendu, je pensais à son mari, à ses enfants, au mien surtout. Des fois, j'étais bête avec elle, j'étais impatient. C'était pas vivable. Je me suis remis à boire pour le vrai, elle m'a dit que je l'aimais moins parce que je pouvais pas faire ce sacrifice-là pour elle. Christ! elle buvait presque autant que moi! On s'est chicanés souvent. J'ai été un peu dur. Quand je me fâche, je suis pas un cadeau.

— Mais il y a rien de changé, tu bois toujours, ce serait la même chose.

— Non, parce que je la laisserais pas retourner avec lui. Je la convaincrais de me suivre avec le petit. C'est à moi, cet enfant-là, après tout. Ça se trouve des femmes qui laissent leur mari, t'as déjà entendu parler de ça? Marianne, elle est faite pour vivre avec moi, un ouvrier, pas avec les amis de son mari, des docteurs, des avocats, des échevins. Tous des maudits voleurs, ça l'achale du monde de même, elle me l'a dit souvent! On a été élevés ensemble, on s'est montré le cul à quatre ans en-dessous du balcon de madame Lévesque. Julien, si elle était devant moi seulement une heure!

— En attendant…

— En attendant, je me pacte la fraise. Je m'occupe de ma cirrhose du foie. Le docteur est pas content de moi. Il m'a dit hier que si je continue, ce sera pas long. Tant mieux! Si au moins je pouvais l'oublier, la petite maudite, mais je l'aime, Julien, je l'aime! Quand elle est pas là, je vis pas.

Louis parle lentement. Toutes les cinq ou six phrases,

un éclat qui s'estompe rapidement. Une longue plainte murmurée. Il en a oublié de boire. Julien hoche la tête à intervalles réguliers, pense en même temps aux moments de sa vie où il a aimé, c'était le délire absolu, l'impossibilité de vivre sans l'autre, l'aliénation brutale. Vouloir posséder, rêve de destruction, tout écraser jusqu'à l'objet même de son amour, surtout elle. La femme aimée qui devient l'instrument de sa torture, mais allez donc vivre sans. Solitudes inavouables, interrogations sur la mort qui ne débouchent sur rien. Retours. Embrassades. Tu as la peau douce. Baise-moi. Les moments où l'on ne sait plus quel corps on touche. Le beau gouffre auprès duquel rien n'est rien. Ah! le grand bonheur de pouvoir s'abandonner dans ces flots de vie qui émanent de soi aux moments les plus désespérés, lorsque c'est le néant qu'on appelait de toutes ses forces!

— Je pense qu'il est dans la lune, mon petit neveu. Je t'ai posé une question.

— Excuse-moi. Je dors mal de ce temps-ci.

— Je t'achale, mais ça fait rien. Je suis accoutumé. Pourquoi c'est que tu dors mal? Parce qu'elle t'a planté là, hein?

— C'est un peu ça.

— Maudit Julien, toujours pareil! Tu veux essayer de me cacher ça, hein? Je te connais, moi, c'est comme si t'étais mon frère. Parle donc un peu, reste pas dans ton coin à te ronger les ongles. Fais de l'exercice aussi, ça va t'aider. Tu peux bien pas dormir, quand tu te couches, t'es pas fatigué. Tu vas me dire que t'as recommencé à travailler, mais c'est pas ça que j'appelle travailler. Tenir un crayon, c'est pas fatigant. Vous êtes payés, vous autres, pour votre instruction, c'est tout. Vous parlez à la télévision, vous rencontrez des premiers ministres, des acteurs, vous écrivez dans les journaux. Bande de maudits chanceux ! Veux-tu me dire ce que tu fais avec moi à la taverne, moi, un *bum* ? Si t'es là, c'est parce que je t'ai appelé, O.K. C'est pas parce que t'as eu pitié de moi au moins ?

— Qui te parle de pitié ?

— T'es venu parce que tu voulais pas me faire de la peine. Tu t'es dit que j'étais un ancien ami, ton oncle en plus. Puis, je suis pas méchant, je mords pas, je suis juste un peu mal engueulé.

— Louis…

— Je suis aussi malade que ta mère. On se ressemble, c'est ma sœur.

— Si tu veux qu'on s'entende…

— D'accord, patron, je parlerai plus de ta mère. Je suis habitué à obéir.

— Tu peux pas accepter que je sois devant toi parce que ça me tente tout simplement.

— Non, et puis je le crois pas. Tout le monde se sauve quand j'arrive, même ceux à qui je paye la bière ! Je raconte toujours les mêmes histoires, un vrai petit vieux.

— Tu voulais me parler, Louis, qu'est-ce qu'il y a ?

— Je suis pas prêt encore. Bois, ton verre est encore plein. T'as hâte de partir, c'est ça ?

— Sois pas méchant, mon Louis, tu commences à mordre…

— Pourtant, je t'en veux pas. J'ai toujours été fou. Rita me l'a assez reproché. Elle comprenait pas pourquoi j'allais danser tous les samedis soirs quand j'avais vingt ans. Je lui disais que j'allais danser, mais elle savait pas ce que je faisais après. Toi non plus, t'étais rendu au collège. Elle m'aimait tellement, la Rita, une vraie mère pour moi. Elle me gâtait, me donnait tout ce que je voulais. Elle aurait voulu que je m'instruise comme toi. Elle me disait tout le temps : « Regarde, Julien est sérieux, il passe pas son temps avec les filles, il va faire de l'argent plus tard. » Je la contredisais pas, je voulais pas lui faire de la peine. Dans le cul, les études ! Même aujourd'hui, je le regrette pas. L'école, j'ai jamais aimé ça. Une vraie mère, pourtant elle m'a maudit dehors. Quand je vais la voir, il me semble qu'elle m'en veut encore. C'est pas comme avant. Qu'est-ce que je lui ai tant fait, calice ?

Louis s'est mis à pleurer. Doucement.

— Veux-tu que nous sortions ?

— On va rester encore un peu. Je suis trop fatigué pour marcher. Franchement, t'aimes pas ça, ma taverne, hein ?

— Non, non, je suis incapable de boire, c'est tout.

— Je vais boire à ta place. Une petite gorgée pour Rita, une petite gorgée pour Mireille !

— Si tu parles de ma mère, je vais t'engueuler.

— D'accord, patron ! Sais-tu pourquoi elle m'en veut ? C'est parce que je lui ai dit que ton père serait pas devenu fou s'il l'avait pas eue comme femme !

— Ce n'était pas très gentil.

— Peut-être, mais c'était vrai.

— Louis, tu vas pas m'empêcher d'aimer ma mère, tout de même !

— Tu ris, je suis soulagé, j'avais peur que tu te fâches. Penses-tu que je l'aime pas, ta Mireille ? Elle est devenue trop sévère en vieillissant, c'est tout. Elle a honte de moi. Je comprends que je suis pas toujours montrable, mais dans ce temps-là, justement, je me montre pas. Alors pourquoi c'est qu'elle m'invite pas à dîner, par exemple, ça fait si longtemps qu'on a pas mis la table pour moi. Une vraie nappe, pas une nappe en papier, avec des assiettes plus belles que celles des restaurants. Si ça continue, je la verrai pas avant qu'elle meure.

La mort dont on ne parle pas pour n'effrayer personne. Grande commisération pour les vieillards, ces ombres qui gravitent autour de nos corps qui leur font envie. Ce que sera sa vieillesse à soi, on ne veut même pas le savoir, le combat est commencé, la seule certitude qu'on puisse avoir. Dans quelques années, Mireille atteindra peut-être un âge inquiétant. Ce sera une vieille personne. Combien de temps avant qu'elle ne se mette à marcher avec difficulté ou qu'elle ne devienne paralysée ? C'en sera fait de la jeune femme au sourire engageant à qui si peu d'hommes résistaient, paraît-il.

— On dirait que je suis sûr qu'elles vont mourir avant moi, mes deux sœurs, pourtant avec la vie que je mène… Tu sais que je perds connaissance à l'ouvrage ? Le docteur veut que j'arrête de bambocher, il peut toujours attendre ! Ti-Louis arrêtera jamais. Dire que j'ai jamais voulu me marier! Vieux garçon, libre, j'étais heureux comme un pape. C'est elle qui m'a fait changer d'idée. Elle me racontait en pleurant que son Armand l'aimait pas, je la consolais, je la préparais, c'était pas juste une question de cul, mais quand elle voulait faire l'amour, c'était quelque chose. Quand elle était en forme, wow! Mais même ça, c'est pas tout pour un homme comme moi. Le dimanche midi quand tu manges ton steak tout seul, t'es pas bien fier de toi. C'est rendu que je crois plus en personne, excepté Gerry et toi. Gerry m'avance de l'argent, me monte à ma chambre quand je suis malade. Toi, tu m'écoutes, t'es pas tout à fait là, mais ça fait rien, t'es mon neveu, t'es un maudit bon gars. Je suis pas fou, je sais bien que tu serais plus à ta place à l'hôtel Bonaventure, mais tu me le dis pas, ça me fait pas mal.

— J'y vais si peu souvent.

— Au Reine Elizabeth, si tu veux, dans des congrès, chez tes amis à Outremont, mais pas à la taverne La Vérendrye! *Come on,* t'as pas à être gêné de ça, c'est un fait. Tu trouves que Gerry parle mal, hein? Je comprends, même moi, je suis un ignorant et je sais qu'il parle mal! T'as changé, Julien, c'est tout. Moi aussi, j'ai changé. Puis Côte-Saint-Paul, ça a pas changé, non? Te rappelles-tu dans le temps, c'était presque un village, il y avait des lots vacants partout, on allait aux cerises, près de LaSalle, on se baignait dans le canal Lachine, on jouait dans des séances à la salle paroissiale. C'est fini, tout ça, même Rita va plus à la messe. Les gens travaillent plus comme des fous, ils ont l'assurance-chômage, les petits contrats *on the side,* ils se sont aperçus qu'il fallait pas être cave et se tuer à l'ouvrage. Tu les connais plus, ces gens-là, tu vis ailleurs, je t'en veux pas, c'est normal.

— Tu as raison, je sais. C'est pour ça que j'ai décidé de vivre chez ma mère… pour quelques jours.

— T'es fou, christ, qu'est-ce que ça va te donner ? T'as eu la chance de partir, profites-en, baptême !

— Pour ce que ça m'a donné…

— Ça t'a donné pas mal. Écoute, Julien, je vais te dire pourquoi je voulais te voir. J'aimerais ça que tu parles à Marianne pour moi. Rien qu'une fois. Elle te connaît, elle pourra pas refuser de te voir.

— Mais de quoi ?

— C'est pas facile, je le sais bien, mais t'as juste à lui dire que tu m'as vu, que je l'aime plus que jamais. Tu parles bien mieux que moi, tu vas savoir quoi lui dire.

— Elle ne se souvient peut-être pas de moi.

— Ah oui, elle te connaît ! On a souvent parlé de toi. Elle a lu tes livres. C'est pas une ignorante comme moi. Elle va même être contente de te voir. Elle aime ça, des poètes.

— Tu penses vraiment que ça donnera quelque chose ?

— Je le sais pas, mais ça peut pas être pire ! Au moins, je pourrai me dire que tu l'as vue, qu'elle vit encore. Évidemment, c'est pas brillant de te demander ça. Tu dois commencer à en avoir jusque-là de ton oncle, hein ?

— Faut pas parler comme ça, mon Louis. Je vais tout faire pour la rencontrer. Donne-moi son numéro de téléphone.

Julien transcrit le renseignement sous l'œil attentif de Louis. Sentiment étrange d'être investi d'une mission de cet ordre, lui dont la vie affective va à la dérive.

— Tu sais pas le service que tu me rends. Dire que t'es l'enfant de ma sœur! Fais pas le gêné devant elle, hein! Insiste, vas-y carrément. Si elle dit qu'elle a pas le temps, laisse-toi pas faire. Quand elle sera devant toi, regarde-la droit dans les yeux pour voir comme elle est belle, puis dis-lui que je l'aime comme un fou, que je pense à elle tout le temps, que son portrait est sous mon oreiller, que tu m'as vu souvent, que je fais pitié, que je t'achale avec elle, tout ce que tu voudras. Si tu penses que ça peut aider, dis-lui que je vais mourir, que je crache du sang, que je deviens fou. Tout ce que tu veux! Mais flirte pas, mon christ, parce que je te le pardonnerais pas, tu vas finir à l'hôpital!

L'entrevue avec Serge Bouffard avait été on ne peut plus amicale. Le jeune homme sympathique à qui on dit qu'il a du talent, qui accepte tous les hommages avec une assurance désarmante. Un vainqueur. Il marmonne plutôt qu'il ne parle, se vante de son inculture, s'intéresse plus au rock qu'au théâtre, fume sans arrêt. L'interview s'est si bien déroulée en fait que le jeune homme l'a invité à une soirée d'amis. On se retrouverait entre gens du quartier. Une maffia, un petit monde fermé. De la bonne pâte, le Julien, qui donnait toujours aux autres l'impression qu'ils étaient importants, qui cherchait toujours à s'effacer. « En tout cas, si ça te fait plaisir, viens faire un tour. La bonne femme aime ça, des gars bien habillés comme toi ! » Julien avait décliné l'invitation, prétextant un rendez-vous. Pas question de passer une soirée de plus avec cette vedette aux partis pris si tranchants, provocants, tout émoustillé de sa jeune gloire. Devant lui, il risquait d'être tenu pour réactionnaire au moindre propos qui lui viendrait naturellement. D'autant plus qu'il lui restait à compléter son enquête, à interroger les parents du phénomène, ses amis. Vingt pages de notes déjà, c'était lui faire beaucoup d'honneur, mais enfin, puisque c'était le métier qui le voulait. Si au moins il avait apporté son enregistreuse, son travail aurait été facilité. Bouffard lui avait bien recommandé de ne pas trafiquer ses expressions. Il soignait à tout prix son côté populaire. Le public qui l'acclamait, les professeurs qui ne tarderaient pas à l'enseigner tenaient à son « authenticité ». Tout cela avec le tutoiement obligatoire, autre signe pour Julien de l'avènement d'un autre monde, dont il se sentait exclu. Il ne croyait même plus avoir raison. Une vague de barbarie déferlait sur le pays, des milliers de jeunes gens affirmaient violemment comme dogme des choses qui étaient nettement à l'opposé de ce qu'il croyait. Il avait trop de chats à fouetter pour s'en émouvoir longtemps. Prendre ouvertement position, clamer son indignation, cela lui aurait paru un peu sot. De toute façon, il n'était qu'un peu plus perdu qu'auparavant, pas davantage. Il laissait la tâche de faire croisade à ses confrères écrivains qui étaient l'objet de ce débat, ceux dont l'œuvre s'était imposée, ceux aussi qui avaient tant insisté pour avoir leur place au soleil et qui se voyaient délogés par des jeunes aussi arrivistes qu'ils l'avaient été eux-mêmes. De loin, le spectacle était même réjouissant. Vingt pages de notes, pas une ligne d'écrite, mais il lui restait quelques jours, ne promettait-il pas un long article sur la culture en milieu populaire? Le milieu populaire, comme si ça voulait dire quelque chose! Au Québec, tout est populaire. Et Serge Bouffard dans tout cela, qui aime son quartier, les gens qu'on y trouve, qui ne connaît rien d'autre, qui se veut porte-parole. Il sonne moins faux en tout cas que le rédacteur en chef de Julien qui se proclame populaire comme on se revêt d'une perruque, qui est prêt à changer d'orientation dès que le vent tournera. Un talent indéniable pour l'écriture dramatique, pourquoi faut-il qu'il se cantonne dans un réalisme sordide, complaisant, qui ne dénonce qu'à demi les injustices sociales ? Incapable apparemment de toute transcendance, il ne peut créer un théâtre de révolte, incendiaire, explosif. Voilà ce que dirait le texte de Julien, lorsqu'il serait achevé. Pour le moment, un mal de tête atroce labourait son crâne. Il était rentré à cinq heures du matin en compagnie de Louis qui avait tenu à voir une chanteuse western qui lui rappelait sa Marianne. Pendant le spectacle d'une rare indigence, ils avaient peu parlé, Julien s'amusant du baroque de la situation, Louis ronflant sans vergogne. Dans le taxi qui les ramenait à Côte-Saint-Paul, Louis s'en voulait d'avoir raté la chanteuse. « Je sais bien que c'est quétaine à mort, j'aime pas les chansons de cowboys, mais c'est elle que je voulais voir ! L'as-tu trouvée sexy ? Quasiment le portrait de Marianne. Tu te souviens pas assez d'elle évidemment. Faudrait peut-être qu'on y retourne samedi soir. Je te trouverais des femmes, tu dois t'ennuyer un peu, non ? »

Le petit déjeuner. Neuf heures. Mireille prend un second café en vitesse. C'est jour de lessive. Julien lui a souvent offert de lui payer une femme de ménage, elle a refusé. Que ferait-elle de ses journées?

— Tu vas au journal, aujourd'hui?

— Je ne sais pas. J'ai mal à la tête.

Mireille lui jette un regard qui n'est pas dénué de blâme. Elle ne peut pas admettre son laisser-aller. Pour elle, un salaire ça se gagne, et pas facilement. La hantise du chômage, le souvenir de la crise économique, le cœur au ventre, la fierté.

— T'as pas peur qu'ils finissent par perdre patience?

— Qui? Mon rédacteur en chef? Je serais rédacteur en chef si je le voulais, mais ça ne m'intéresse pas.

— T'es quand même pas là souvent.

— J'ai le droit de travailler où je veux.

— D'accord, Julien, mais je t'ai pas vu écrire une seule fois depuis que t'es ici. C'est pas comme ça que ton article va avancer.

— J'ai fait mon interview, le reste viendra tout seul.

— Je voudrais pas que t'aies à te chercher du travail.

— T'en fais pas. On se débarrasse pas facilement d'un journaliste syndiqué.

Mireille était retournée à sa lessive. En robe de chambre, à moitié éveillé, Julien ressentait un certain malaise à ne rien faire pendant que sa mère s'activait au sous-sol. Ne devait-elle pas se dire qu'il était assez simple d'être journaliste, après tout? Il n'avait pas encore terminé sa tasse de café qu'elle était devant lui, un panier de linge à la main.

— Je vais étendre dehors. Il fait trop beau pour que je me serve de la sécheuse. J'ai pas de conseil à te donner à ton âge, mais c'est pas à te tenir avec mon frère que tu vas te mettre au travail sérieusement. Je te comprends pas, toi qui as de l'instruction, qui rencontres des gens importants, passer tes soirées avec un gars comme lui!

— Louis a besoin de moi.

— Il aura toujours besoin de toi, c'est pas une raison. Tu sais que j'ai toujours eu peur que tu boives autant que lui? Dans le temps, il avait tellement d'influence sur toi.

Toujours cette impression qu'il a de l'intimider un peu malgré tout, d'être à ses yeux l'homme arrivé, le presque surhomme. Au fond d'elle-même, elle souhaiterait qu'il soit intouchable, qu'il ne vive pas la vie des autres humains. Un esprit supérieur qui continuerait de s'asseoir sur une chaise haute, bavoir autour du cou, qu'elle pourrait dominer pour tout ce qui est matériel. L'odeur des couches battues par le vent, tu te souviens? Ta jeune vie, le corps indomptable, l'espoir? Il se penche vers elle, l'embrasse. Son teint s'empourpre. Elle est émue.

— Merci, mon Julien. Qu'est-ce qui t'a pris? Tu m'embrasses pas souvent.

— C'est ça, la passion, Mireille, on sait jamais quand ça se déclare!

— Tu dois penser qu'il est temps que tu te dépêches avant que je disparaisse.

— Mais non, voyons.

— Je sais comment t'es fait. C'est la mort qui te chicote, tout le temps, tu penses rien qu'à ça. Il faut bien regarder la vérité en face, j'ai soixante-cinq ans, mon cœur est plus bien bon. Mourir, c'est pas un problème pour moi, mais vous autres! Nicole est tellement tête folle, elle est retournée avec Claude. C'est toi qui m'inquiètes le plus, par exemple.

— Pourquoi?

— Depuis que t'es à la maison, que je te vois tourner en rond. Tu vis plus, c'est évident. Sans Laurence, t'as l'air égaré, tout ce que t'es capable de faire, c'est d'écouter les histoires à dormir debout de mon frère. Pourquoi t'essayes pas de lui faire signe, à Laurence? Elle t'attend, je le sens.

— Il est trop tard.

— T'as fait le fou, je le sais, mais si tu lui expliquais calmement, elle comprendrait.

— C'est elle qui a voulu rompre, maman.

— C'est pas une raison pour accepter. À moins que tu y tiennes plus, mais ça me surprendrait. Une vie sans femme, c'est pas ton genre. Il y a pas de meilleur moyen pour devenir fou.

Le mot a été prononcé qu'on avait banni depuis long-temps.

— Tu penses souvent à ton père?

— Rarement.

— C'est aussi bien. Vous en aviez tellement peur, Coco et toi. Tu te souviens, la fois du parapluie?

Comment l'oublier? Julien avait alors six ans. Il jouait avec des amis, lorsqu'au détour d'une ruelle, il avait vu son père complètement nu — la peau blanche, le ventre qui se balançait en cadence, l'abondance du poil! Il n'avait pas détaché les yeux du spectacle défendu, souhaitant jusqu'à la fin que ses compagnons ne lèvent pas la tête, qu'ils se passionnent toujours pour ce château de sable qu'ils étaient en train d'édifier. Mais comment ne pas lever les yeux? Le père jurait, Mireille implorait, les deux couraient à perdre haleine. Trois paires d'yeux qui n'avaient jamais été aussi ronds, des bouches bées. Une auto s'était arrêtée, l'homme qui se mettait à courir à la suite du couple, tentant de saisir le parapluie à pommette d'ivoire que brandissait le dément. Il y réussit bientôt car il ne souffre pas de l'embonpoint de celui qu'il poursuit. « Paul, sois raisonnable, rentre à la maison! » Et le père qui répète sans arrêt : « Elle a besoin d'un parapluie! Elle a besoin d'un parapluie! » Le moment de surprise passé, les amis éclatent de rire, caricaturant le comportement des deux hommes. Ils croient dur comme fer que le père de Julien a bu, l'alcool fait partie de leur réalité.

— Toi, Mireille, tu avais peur de lui?

— Pas du tout. Je l'ai aimé trois ans à peu près. Après

ça, j'en ai eu pitié. Dans le temps, on divorçait pas et puis j'aurais pas aimé l'abandonner. Il pensait que tout le monde lui en voulait, à commencer par moi.

— Ta vie n'a pas été facile avec lui.

— Non, une bien drôle de vie.

Et Julien pense à l'indifférence qu'il a ressentie à la mort de son père. Comme si cette mort ne faisait que confirmer un internement perpétuel. C'était l'assurance qu'il ne viendrait plus jamais hanter leur vie. Terminés, ces séjours à la maison qui les laissaient, chaque fois, épuisés.

— Il y a longtemps que tu n'as pas fait de voyages, Julien, ça ne t'intéresse plus?

— Une question de hasard… Laurence n'aimait pas tellement que je la laisse.

— Tu n'as pas à te plaindre, mon fils. Il y a quelques années, tu passais ton temps en Europe. Y avait des fois où je me demandais si t'avais pas une petite amie en France!

— Eh bien non, Mireille! J'allais travailler, me changer les idées. Ça m'aidait à ce moment-là. Du reste, je vais passer l'été en Provence. Plus rien ne m'en empêche.

— Quand tu es loin de nous, tu dois nous oublier, c'est sûr. La France, c'est loin.

— C'est en voyage que je pense le plus à mon enfance. Je suis souvent seul, je nous revois, il y a trente ans.

— Ton père, tu le détestes encore?

— Non, c'est fini.

— Évidemment, c'est pas à moi que tu le dirais. J'ai lu tous tes livres, tu sais, plusieurs fois. Je t'en ai jamais parlé, mais il me semble que t'as été injuste pour lui. Il était pas si méchant que ça. T'en as ajouté.

— Tu as raison, je m'en rends compte de plus en plus. Tu me le dis souvent, je suis comme lui. Aucune mesure. Tu ne m'as jamais entendu parler de mon enfance devant mes amis. Ça ne t'aurait pas plu. Ne t'en fais pas, je te donne le beau rôle, mais lui, ce qu'il a attrapé ! Que veux-tu, on est jeune, on comprend pas tout à fait, on a besoin d'un bouc émissaire. Et Côte-Saint-Paul alors ! Je me suis lavé de plusieurs fautes sur son dos. Pour me rendre intéressant parfois, j'ai inventé de toutes pièces des ennuis matériels que j'aurais eus, je nous ai rendus plus misérables. Ce n'est pas très joli, hein ?

— T'as fait de mal à personne, c'est ça qui compte ! Je suis surtout contente de voir que tu changes un peu d'idée au sujet de ton père. Souvent, il me parlait de toi. Il aurait aimé que tu sois un peu plus comme lui, que tu t'intéresses à la comptabilité, que tu ailles aux Hautes Études. Si tu savais comme il regrettait vos disputes ! Des fois, il pleurait pendant des heures.

— J'aurais dû me taire.

— Mais non, t'avais dix-sept ans. Il fallait que tu parles, mais maintenant qu'il est mort depuis si longtemps, aussi bien faire la paix, tu trouves pas ?

Louis n'était pas rentré à sa chambre depuis deux jours. Marianne était de nouveau en voyage, cette fois à Toronto. Julien avait profité de ces moments de répit pour rédiger son article. Son chef de service le taxait maintenant d'élitisme. Pour sauver la face, il mettrait, parallèlement à son enquête, un dithyrambe d'un ami de Bouffard. Julien ne s'en était pas formalisé, la pratique était courante. L'important n'était-il pas de ne pas se croire obligé de hurler avec les loups? Le travail comptait assez peu dans ses préoccupations du moment. L'écriture encore moins, il lui arrivait d'oublier qu'il avait publié trois romans. Périodiquement, on venait lui poser des questions sur ses livres, des professeurs l'invitaient à rencontrer des élèves. Qu'avait-il voulu dire dans son second roman? Était-il féministe? L'indépendantisme, qu'en pensait-il? Croyait-il aux nouvelles formes d'écriture? La théorie marxiste de la production littéraire lui paraissait-elle valable? Il ne répondait que par impossibilité de s'esquiver, imperméable à tout babillage culturel. Lui importait bien davantage son impuissance à croire de nouveau à un livre à faire ou à la vie tout court. Il avait téléphoné à

Laurence, prenant prétexte d'un disque qu'il aurait emporté par mégarde. La conversation avait été brève, mais dénuée d'agressivité. Était-ce méprise de sa part ou avait-il remarqué dans sa voix une certaine chaleur ? Dans quelques jours, il rappliquerait. Pour le moment, il était en train de terminer son compte rendu, pendant que Mireille faisait la sieste, comme tous les après-midi. Nicole arriva en coup de vent, les yeux rougis, sans lui parler, l'air décidé d'une femme qui ne supporte plus qu'on lui marche sur les pieds. Elle s'enferma dans sa chambre pendant une heure, une heure d'activité intense, ses talons de bois martelant le mince tapis. Mireille en fut réveillée et, maussade, décida d'aller aux provisions.

— Julien, viens m'aider !

Il entendit l'appel de Nicole en même temps qu'un bruit de verre éclaté. Elle en était maintenant à jurer. C'est en souriant que Julien gravit, quatre à quatre, les marches de l'escalier.

— Surtout ris pas ! Ça va assez mal !

Juchée sur un escabeau, elle tenait d'une main une dizaine de livres pendant que de l'autre elle s'agrippait au rayonnage.

— Tiens l'escabeau ! J'ai failli foutre le camp par terre !

Sur le tapis reposaient les miettes de ce qui avait été un vase.

— Comme tu vois, j'ai voulu mettre de l'ordre ! Dorénavant, la petite Nicole va vivre beaucoup dans sa chambre. Elle va apprendre son métier de vieille fille.

— Ma petite Coco…

— Laisse la petite Coco. Je t'ai demandé un service, tu me l'as rendu. Je veux pas de conseil, je veux rien des hommes.

— Bon…

— Vous êtes tous des minables.

— D'accord.

— Pour l'instant, je range des livres, ça c'est sérieux.

— C'est très sérieux en effet…

— Si je… Mais tu te fous encore de moi ? Je sais que je n'étais pas censée être amoureuse, mais je l'étais devenue, c'est tout ! C'est ce moment-là qu'il a choisi pour me dire qu'il retournait à sa femme. Moi, je m'appelle pas Louis, je me laisserai pas avoir, je ferai pas un pas pour aller le trouver. À part ça, Louis, ton Louis, il est pas si à plaindre que ça. C'est tellement facile de se lamenter, de boire pour essayer de toucher les gens. À part de faire l'amour, de toute façon, je me demande à quoi ça peut servir un homme ! Au moins si vous étiez tous des experts dans le domaine.

— Tais-toi ou je te viole.

— Je suis pas d'humeur à blaguer. Vas-y maintenant, raconte-moi que Laurence a accepté, une fois de plus, de te pardonner, qu'elle a compris tes angoisses métaphysiques.

— Nous n'en sommes pas là.

— Sûrement parce que tu n'as pas terminé ton exil ! Je ne m'en fais pas pour toi. Excuse-moi d'être aussi directe, mais ça me soulage, cette agressivité. Et puis, tu me fais chier, même si je t'aime. Tu t'écoutes trop. Bon, je vais me calmer, c'est pas bon pour mes cordes vocales. Tu sais, Julien, je croyais qu'il allait m'épouser. À force de m'en parler, il m'en avait donné le goût. Je voulais me caser, et comme c'était presque de l'amour, qu'il était gentil... J'ai déjà trente ans, Julien, tu te rends compte ?

— Tu as tout le temps.

— C'est toi qui me dis ça ? Bon, où est-ce que je les place, ces maudits romans québécois de cul ?

Petite Nicole, ton frère t'offre son aide, il murmure quelques suggestions, monte à ta place dans l'escabeau, déplace des livres et des livres et son dévouement exemplaire te calmera quelques heures. Bien sûr, il s'écoute trop, tu as raison, tout le renvoie à ce qu'il est, à ce qu'il appréhende. Il voudrait tant que revienne votre jeunesse, la tienne surtout, tu regrettes déjà ton agressivité, il déplore son inutilité. Si au moins, il avait ta franchise, ton franc-parler ! S'il pouvait quitter sa retenue, te dire qu'il t'aime. Jamais il ne se révélera, il préfère le masque de l'ironie ou de la pudeur.

Le prétexte — il lui en fallait un dorénavant pour rencontrer Laurence — c'était la création de la troisième pièce de Bouffard qui le lui fournissait. Invitation expresse de l'auteur qui avait été ravi de l'article qu'on lui avait consacré, un titre qui faisait fureur, *Môman, j'ai faim,* des comédiens connus. Il avait joint Laurence au ministère et, profitant de la brièveté de la conversation, lui avait proposé de l'accompagner au théâtre. Entre amis, c'était possible, non? À sa grande surprise, elle avait tout de suite accepté. Ils en étaient à l'entracte. On s'agitait alentour, l'habituelle cohorte, la ruée vers le bar. Ils s'étaient déniché un coin presque tranquille.

— Je ne comprends pas ton intérêt pour ce genre de pièce, disait Laurence, c'est à l'opposé de ce que tu es, il me semble.

— Serge Bouffard est mon protégé, je ne peux pas le juger trop sévèrement.

— Mon pauvre Julien, tu n'as pas de chance avec moi! C'est comme ton amour pour Montréal, ça me dépasse.

— Je ne peux pas t'expliquer, j'aime y vivre, c'est là

que j'ai tout appris. Je l'ai à l'intérieur de moi, je vois bien ses défauts, ses laideurs. Pour Bouffard, c'est un peu ça. Je n'aime pas son laisser-aller, ses gaucheries, sa vulgarité facile, tu t'en doutes, mais il me fascine quand même. Montréal, c'est autre chose. J'ai voyagé, je me sens très bien à Paris ou à Londres, mais souvent je songe qu'à ma mort, c'est ici que je voudrais être. Tu sais, retourner dans le ventre de Montréal, un rêve.

— Tu as toujours été sentimental.

— Sentimental, nostalgique, passéiste. Je ne me révolte plus. Ces derniers jours, il m'a semblé que j'avais de nouveau vingt ans. J'ai beaucoup marché dans les rues du quartier, des rues que tu ne connais pas, qui n'ont d'attrait que pour ceux qui y ont vécu, j'imagine, la rue Roberval, la rue Drake, la rue Angers, tous les coins que j'avais oubliés. Il ne s'agit plus de savoir si le quartier est beau ou laid, c'est soi que l'on regarde. Quand j'aurai terminé mon inventaire…

— Tu ne changes pas, toujours les remises en question.

— Alors qu'il serait si simple de vivre, je sais.

Laurence, la plus parfaite des intervieweuses que l'on puisse imaginer, parlant peu d'elle-même, questionnant sans relâche, épousant vos opinions, très peu femme libérée — ce trait vous a parfois agacé — vous voudriez bien lui confier votre désir de renouer, mais ce n'est pas encore le moment. Ce n'est pas tout de dire que l'on veut plus que jamais être près de toi, mon amour, dans la vie rien ne dure, on sait que tout s'effrite et que ne subsiste plus qu'une merveilleuse et réconfortante tendresse, le seul sentiment vrai, le plus raisonnable assurément pour ceux qui ont le cœur hésitant, on ne veut plus être le limier de soi-même, le tortionnaire. On ne désire plus donner des coups de griffes, le primitif apprend à se connaître.

— J'ai fait le point sur tout, sur nous surtout. Je me refais peu à peu une carapace. Je ne souhaite pas me guérir de toi, non, c'est autre chose.

— C'est gentil.

— Je craignais tellement que tu n'acceptes pas de m'accompagner, ce soir. Je me suis si mal conduit, je…

Elle pose sa main sur son bras, un court instant. Cette complicité le trouble au plus haut point. Il n'ose même pas la retenir.

— C'est comme si nous revenions de très loin, tu ne trouves pas ? lui demande-t-il.

— Tu sais ce que nous sommes en train de faire, Julien ?

— Qu'est-ce que tu veux dire ?

— Nous nous rapprochons. Une fois de plus, nous essayons de tout réparer. Je ne suis pas sûre que nous ayons raison.

— Ma pauvre amie, il ne faut pas nous poser de questions. Pas encore.

— Je suis inquiète, Julien.

— Moi qui te croyais calme.

— Comment veux-tu que je le sois ! Nous savons très bien, tous les deux, que cette rencontre n'a rien de gratuit, que nous nous surveillons, que nous redoutons les imprudences que nous pouvons commettre, nous trions nos mots, nous les soupesons.

— Moi, je me sens très libre, au contraire.

— La différence, c'est que moi, j'ai très peur. Pendant combien de temps encore souhaiteras-tu être avec moi ! Je ne te pose même pas la question, puisque je suis persuadée que tu ne connais pas la réponse. Si tu savais comme à chacune de nos ruptures je me sens amoindrie. Pour toi, ça fait partie du jeu. Tu aimes presque le désarroi qui s'empare de toi lorsque je ne suis pas là. Tant de fois déjà que tout semble achevé et que tu reviens.

— Il n'y aura pas d'autre fois.

— Pourtant, tu te souviens du passé ? Les mêmes paroles, les mêmes intentions. Nous deux, c'est de moins en moins la même chose, tout s'effrite, se désagrège. Avoue-le.

— Je serai moins distrait.

— Quand tu décides, mon pauvre Julien, d'habiter chez ta mère, même pour quelques jours, tu te replies sur toi. Ce n'est pas un geste positif, c'est un geste de vieillard.

La tendresse de sa voix, ce ton maternel qui devrait le hérisser et qui le berce.

— Il y a deux ans, tu parlais d'une maison que nous achèterions à Vaudreuil. Tu nous voyais installés, tu parlais même d'un enfant que nous aurions.

— Je n'ai pas changé d'idée.

— Tu le regretterais. Actuellement, tu t'accrocherais à n'importe quoi, même à cette idée.

— Sans toi, je ne vaux pas grand-chose.

— Tu as pu le supporter assez longtemps quand même.

— Et si nous l'achetions, cette maison à Vaudreuil?

— Je te l'ai dit, Julien, j'ai peur de toi, je ne sais plus ce que tu es devenu.

— Je n'ai jamais aimé ceux qui entrent de plain-pied dans la vie, je préfère les êtres de doute.

— Mais moi dans tout cela, Julien, moi?

Elle a les yeux humides. Un couple passe près d'eux, qu'ils auraient dû saluer.

— Ça ne rime à rien, cette séparation.

— Je ne sais plus, Julien, je ne sais plus.

— Accordons-nous une autre chance.

— Laisse-moi, je t'en prie, laisse-moi!

Pourquoi tout à coup se met-elle à courir comme une folle? Elle contourne un couple, un autre, descend l'escalier roulant. Interdit, il ne bouge pas, son verre à la main. Lorsque sa femme est partie, il y a plus de dix ans, il était en train de prendre un cognac devant son poste de télévision. Elle avait tout fait pour provoquer une scène, mais devant sa passivité elle était partie, simplement. Cette Marianne qu'il me faudra voir demain que je le veuille ou non, pour tenir ma promesse. Comme si les histoires d'amour pouvaient avoir encore un sens, fables de déraison, faux airs d'altruisme, dérèglement de tous les sens, et seul dans ce théâtre, craignant de rencontrer une connaissance à qui je ne saurais expliquer mon trouble, je me livre au tourbillon de mes obsessions, pensant qu'il

n'y a que le plaisir physique qui vous satisfasse pleine-
ment, les minutes qui vous paraissent toujours trop
courtes, on voudrait être partout à la fois sur ce corps qui
s'agrippe à vous, on ne pense pas que plus tard on s'éten-
dra pour dormir, cela apparaît même comme la plus
invraisemblable des probabilités, et puis je ne peux tout
de même pas faire davantage, promettre que je n'éclaterai
plus devant elle, que je ne claquerai plus les portes, que
j'adopterai ses attitudes un peu assommantes de femme
bien élevée, que jamais je ne serai vulgaire et violent, je
suis populaire, moi, parfaitement, de Côte-Saint-Paul, on
crève dans cette atmosphère étouffante que tu as mainte-
nue entre nous ces dernières années, ce n'est pas une vie
de se demander toujours si l'autre ne souffre pas de ta
façon d'être, je suis comme je suis, rêveur, distrait, faut
pas me demander d'être comme Louis, jamais je ne m'of-
frirai en holocauste pour une femme, nous ne sommes
pas immortels et nos passions durent moins longtemps
que nos mémoires. Parfois, devant Louis, l'impression
qu'il avait de parler à un fou qui avait oublié jusqu'à l'objet de sa passion, étant tombé amoureux de son délire
même, apportant de l'eau au moulin de sa détresse avec
une admirable constance, heureux de trouver des raisons
de souffrir, se remémorant les plus beaux moments de
leur liaison, faisant en sorte de devenir la victime idéale,
l'être du total dénuement, qui attire les larmes par l'im-
mensité de son amour, la folie par l'amour, n'était-ce pas
le seul moyen qu'elle accoure vers lui, qu'elle se sente
gênée de son propre bien-être, qu'elle panse ses plaies?

Louis, ce n'est pas Julien, ne pas l'oublier, la folie n'est pas la même, non madame, la mienne est plus résignée, cours puisque tu le veux, je ne me reconnais pas le droit de te supplier.

Lorsque Julien entra au journal, ce matin-là, il fut accueilli par un confrère à l'air amusé.

— Il y a quelqu'un qui t'attend près de ton bureau.

Louis dormait sur une chaise. Il n'était pas beau à voir, l'œil tuméfié, de profondes éraflures sur la joue.

— On savait pas si on devait le laisser là, mais il paraît que c'est ton ami.

Dès qu'il a bu, Louis a la manie de se battre. Un jour, il a été projeté en bas d'un escalier, dans un club de nuit de la rue Sainte-Catherine, et s'en est tiré avec des égratignures. Ayant à se servir de ses muscles pour son travail, il ne les oublie pas dans ses loisirs. Très provocateur, l'ironie toujours proche, audacieux vis-à-vis d'inconnues parfois accompagnées.

— C'est pas juste, c'est pas juste !

Il a commencé par maugréer, puis la voix s'amplifie. Des têtes se tournent. On comprend mal que Julien, si discret, ait de telles connaissances.

— Qu'est-ce qui n'est pas juste, mon Louis ? Suis-moi, on va être plus en paix pour parler.

Il veut l'entraîner dans le bureau du chef de service

actuellement en voyage. Louis ne bouge pas. Décidément, on ne l'a pas raté, du sang a coulé sur son front.

— Viens, on sera mieux là-bas.

— Enfin t'arrives?

— T'es pas bien poli, mon Louis!

— Je suis pas poli, je le sais. En plus, j'ai mal à la tête.

— Viens, je vais t'envoyer chercher un café.

— T'as honte de moi, hein? J'aurais pas dû faire ça, mais je sais plus quoi faire, je le sais plus…

— Viens-t'en.

Il l'aide à se lever, l'entraîne vers le fond de la salle. C'est un dur moment à passer, les relents de l'alcool, son haleine est toute proche, on les observe.

— Je suis en train de boire tout l'argent qui me reste.

— Tu ne devrais pas.

— C'est facile à dire. Je suis pas capable de m'arrêter. À l'heure qu'il est, le Canadien National doit se lamenter, leur meilleur employé s'est pas montré la face depuis une semaine. Quant à moi, ils peuvent tous aller chier. J'ai mal à la tête, hostie, j'ai mal à la tête. J'ai fait le cave, Julien, si tu savais. Je suis allé attendre Marianne devant chez elle. Il pleuvait, j'avais pas de parapluie. J'étais tellement soûl que le chauffeur de taxi voulait pas me laisser descendre tout seul. Au bout d'une heure, je m'en allais sonner à sa porte quand elle est sortie. Son mari était avec elle. Si j'avais eu un couteau, je le tuais. Comme j'en avais pas et que je suis trop peureux, *anyway,* je l'ai laissé tranquille. Elle m'a pas vu. Christ! qu'elle était belle avec son imperméable bleu pâle…

Louis se met à pleurer, des larmes qui lui caressent la joue, qu'il ne cherche pas à retenir.

— Tu vas prendre un café, maintenant, ça va te faire du bien…

— Et après, je vais aller dans ma chambre comme un cave. Non, merci. On vit pas là-dedans, chaque fois que je la vois j'ai envie de vomir.

— Crie pas comme ça, Louis.

— Aie pas peur, le journaliste, je te ferai pas honte, j'ai trop besoin de toi.

— C'est ce soir que je la vois, ta Marianne.

— Pourquoi tu m'as pas dit ça avant?

— C'est toujours toi qui parles.

— Ça, c'est vrai, mais comment t'as fait pour lui demander?

— Le plus simplement du monde.

— Ça t'achale, hein?

— Mais non, oublie ça.

— Toi, t'es pas un rat!

— De ce temps-ci, les gens ne sont pas tellement de cet avis-là, mon Louis.

Une défaite est une défaite, bon d'accord, ce n'est pas parce qu'une femme ne veut pas de vous que les jours s'arrêteront de s'écouler. Rentré à la maison en trombe, l'air un peu hagard, ne voulant parler à personne. Mireille tourne autour, flaire des problèmes. Il répond n'importe quoi. Étrange de penser à soi comme à quelqu'un que l'on fuit. L'infinie tristesse des yeux de Laurence, puis la panique qui les domine de plus en plus. Il lui a si souvent promis la paix qu'elle ne l'attend plus. Elle craint ses affaissements, ses retraites, elle a raison, il n'est pas un être qu'on fréquente, à moins de n'avoir rien à perdre comme Louis.

— Le docteur sera pas content de moi, non certain, j'arrête pas de boire, je mange pas.

— Tu vas aller te coucher, Louis, tu es exténué.

— Je me coucherai quand je pourrai pas faire autrement. J'ai pas besoin de dormir, je suis au-dessus de ça. Je me suis battu hier, regarde-moi le visage. Un petit barbeux qui voulait m'empêcher de danser avec sa fille! Je suis pas beau à voir, mais lui, il est à l'hôpital. Pas pire pour un gars qui dort pas! Tu vas tout me répéter ce qu'elle va te dire, hein? Pas de menteries, mon christ!

— Promis.

— Tu vas venir me voir tout de suite après?

— Pas à la taverne, à ta chambre.

— Jésus-Christ que t'as la tête dure!

— Il faut que je te surveille, c'est tout.

— Julien, tu parles comme un prêtre. Je pensais que c'était fini, ce temps-là!

— Tu te trompais, tu vois.

— Tu dois en avoir par-dessus la tête de moi, hein? Non seulement je te demande des faveurs, mais je te rejoins au journal, je t'insulte. C'est pas fini, je veux t'emprunter de l'argent. T'aurais pas vingt piastres à me passer? Je vais te les remettre d'ici un mois, juré!

— D'accord, mais promets-moi de te reposer un peu.

— Donne-moi de l'argent, je veux pas de sermon. Attention, je suis orgueilleux, moi, je suis un ouvrier. Qu'est-ce que tu dis à ta mère quand tu viens me voir? Elle doit être découragée, la pauvre Mireille. Son gars qui se tient avec un gibier de taverne, un des plus grands *bums* de Côte-Saint-Paul! Hostie que ça me fait rire. Elle a été plus chanceuse avec son Julien. Toi, t'es quelqu'un. Jamais un mot plus haut que l'autre, les fesses un peu serrées, mais délicat avec tout le monde, généreux, bien élevé, son nom sur le journal, on rit pas!

Et tout cela dit sans ironie véritable, avec l'air de l'admirer, de croire que la vérité, c'est Julien qui la possède. Pas pour rien qu'il lui demande d'aller voir la dame, de lui expliquer, ça ne semble pas très courageux, d'accord, mais il faut passer outre, puisqu'il est vrai que votre désolation prime tout, ce ne doit pas être facile pour la Marianne de se passer de vous, à moins qu'elle ne se soit déniché un autre amant, sûr comme vous l'êtes qu'elle ne peut se contenter de son mari, elle qui fait l'amour dans le délire, une ventouse, son besoin insatiable de se rouler avec vous, de réclamer sans arrêt votre verge comme si elle était la source de toute joie, après les week-ends ludiques, vous rentriez au travail, épuisé, les copains faisaient même des blagues à votre endroit, vous enviant, c'est évident, et vous de sourire avec fierté, sans rien ajouter à leurs propos salés, ne pas entraîner Marianne dans ce genre de conversations, ne rien révéler du secret commun, ils ne savent pas à quel point ils ont raison, les gars, Marianne qui se pend à votre sexe, qui dit qu'il est le plus beau, celui qui m'a donné le plus de bonheur, et vous tout étonné de posséder l'arbre de vie, vous acquérez une importance qui vous était inconnue, il n'y a plus de classes désormais, personne ne donne d'ordre ni n'en reçoit, les femmes que vous avez eues précédemment étaient plus réservées, moins sensuelles peut-être mais surtout plus timides, ne trouvant pas les mots, ne sachant même pas qu'on peut exprimer sa joie. Quand on a épousé un pharmacien, ce n'est pas la même chose, on rencontre des gens haut placés, on apprend, comme Julien qui ne doit pas s'embêter avec les femmes, lui non plus. Timide si l'on veut, mais qui sait les aborder avec les mots qu'il faut, le tact, l'habileté.

— T'as des problèmes, toi aussi, je le sais, mais t'es mieux équipé que moi pour les affronter. Tout ce que j'ai, moi, c'est ça. Mes bras! Quand j'ai connu Marianne, j'étais plus jeune, je pouvais compter sur les *chums*. À c't'heure, j'ai seulement ceux de la taverne, toi. Des femmes, j'en connais presque plus. Quand tu dis à une fille, même une fille de club, que tu travailles au Canadien National, ça l'impressionne pas. Elles aiment toutes mieux un gars qui travaille changé, même s'il gagne la moitié de mon salaire. On est pas du même monde, le journaliste, qu'est-ce que tu veux? Je te blâme pas, mais je vois clair. *Anyway,* j'ai pas l'intention de vivre long-temps. Je vais débarrasser le plancher. Actuellement, tu voudrais que je m'en aille, c'est ça?

— Je voudrais surtout que tu manges et que tu ailles te coucher.

— Non, mais, tu penses rien qu'à ça? Écoute, je veux pas me coucher, c'est clair? Il faut que je bouge, que je voie du monde, je suis pas capable de rester tranquille devant un livre comme toi, je suis pas un écrivain, je suis un ouvrier. Avec ton vingt piastres, je vais aller aux courses, j'aime assez ça, les voir courir, ces animaux-là!

— Un jour, tu vas claquer.

— Toi, t'es drôle! C'est ça que je veux, mourir, t'as pas encore compris? Crac! puis on entendra plus parler du petit Louis à Rita.

— T'as pas le droit de te détruire, tu vas tout perdre.

— Tout est perdu depuis une maudite mèche. *Why not?* Si je m'arrête pas, je vais finir à l'hôpital, puis après? C'est une façon comme une autre de crever, non? Au moins, j'aurai eu du *fun*. Tant pis, si je suis plus capable de m'amuser, si j'ai vu trop de bars pour les trouver drôles. Il y a plus grand-chose de drôle, surtout pas au Canadien National. Si je savais écrire comme toi, je leur enverrais une belle lettre pour leur dire d'aller chier, leur dire qu'ils m'ont assez exploité, leur dire que leur travail m'écœure. Si je le fais pas, c'est que j'ai peur de crever de faim. Je sais aussi qu'ils se moqueraient de moi. Le téléphone, c'est pareil, le seul gars à qui je pourrais parler, c'est le contre-maître, un Anglais que je pourrais même pas engueuler comme du monde. Il me comprendrait pas. Penses-tu que ce serait une bonne idée que j'aille avec toi?

— Rencontrer Marianne? Ça serait la pire chose que tu pourrais faire.

— T'es sûr?

— Louis, n'insiste pas.

— Bon, si tu le prends comme ça. Je voudrais tellement que ça marche. Dis lui donc que je vais finir par me suicider.

— Ça, non. Je ne veux pas faire de chantage.

— C'est pas du chantage qu'elle m'a fait, elle, pendant sept ans?

— Louis, si tu continues…

— Laisse-moi pas tomber, au moins. Si tu fais ça, je réponds plus de moi. Bon, je vais te laisser travailler. Faut que tu gagnes ton salaire, après tout! Il y a pas rien que des annonces dans ton journal! Oublie pas de venir me voir à la taverne, même si t'as pas de bonnes nouvelles. Ti-Louis est capable d'en prendre!

Sans effort apparent, il se lève de sa chaise. Droit comme un homme qui veut cacher son ivresse, trop précautionneux, il se dirige vers la porte. Julien n'a rien tenté pour le retenir, heureux de sa liberté retrouvée.

— J'aurais aimé te recevoir mieux que ça, mais j'ai des gens, ce soir, tu…

— Ça va très bien.

Intérieur soigné, volonté absolue d'être à la page, quelques traces de mauvais goût, minimes quand même, l'argent est passé par là. Sur la table de coin, la photo d'un enfant, peut-être est-ce Michel. Pas le temps de s'interroger sur les ressemblances éventuelles, Marianne ne le quitte pas des yeux.

— Qu'est-ce que tu bois ?

Il répond n'importe quoi, elle se dirige vers le bar, très Roche-Bobois, remplit deux verres. Marianne fait un peu d'embonpoint, le visage presque bouffi, le maquillage des yeux trop prononcé, mais elle a toujours la même démarche houleuse, la même façon de sourire à tout pro-pos.

— T'as pas changé, Julien, les cheveux peut-être, mais à peine. Ça fait pourtant un bon bout de temps. J'aime autant pas y penser. On allait danser au El Paso, à Lachine, tu te souviens ?

— Je n'y suis pas allé très souvent.

— T'aimais pas tellement ça, la danse. T'étais pas mal timide, tu pensais à tes études. T'avais raison, évidemment, regarde où t'en es rendu.

— Je ne suis pas rendu très loin, faut pas charrier.

— T'as écrit des livres, je les ai lus. Je les ai aimés, surtout le premier. Je me suis toujours demandé si j'étais pas Micheline dans cette histoire-là.

— Ce n'est pas toi.

— Bon, de toute façon, tu me le dirais pas. Mais mon Dieu que t'es pessimiste ! Comment ça se fait ? T'as pourtant pas raison.

On n'allait pas qu'au El Paso, on organisait aussi des pique-niques dans les Laurentides, du côté de Saint-Sauveur. Quand on avait l'âme baladeuse, on s'américanisait en douce au lac Placide. On avait en tout cas beaucoup d'énergie à dépenser. Louis était le plus malin. C'est à sa suggestion qu'un été, on avait loué un chalet, près de Sainte-Adèle. Comme il était le seul à travailler, il en payait la moitié. Nous nous débrouillions à cinq pour le reste. On y passait des week-ends intrigants. La fille que nous avions invitée accepterait-elle ou non de partager notre lit ? Marianne faisait des manières, elle qui pourtant nous rendait fous avec ses décolletés, ses roucoulades, sa façon de se coller à nous à tout propos. Je n'ai participé à l'aventure qu'un seul été. Je n'avais déjà plus à cette époque la même disponibilité, je trouvais les propos de la bande un peu trop terre-à-terre. Vivre ne me suffisait décidément pas, j'avais besoin d'une réflexion sur la vie. Il y avait aussi le manque d'argent de poche, pour m'en procurer, ne devais-je pas suer sang et eau dans des emplois de vacances qui m'épuisaient? Louis s'était habitué à cette vie, il ne pouvait espérer que l'avenir lui apporte plus de détente, des occupations mois accablantes. Le plaisir devait être consommé immédiatement. Tout un monde de souvenirs afflue à ma mémoire en présence de cette Marianne en qui je reconnais à peine la jeune fille provocante de jadis. Certes, elle a toujours cette façon de jouer avec ses lèvres, de plisser les yeux, mais le temps est passé où ces ruses faisaient mouche à tout coup. Sauf Louis, qui peut encore s'y laisser prendre? Cette voix presque rauque, trop suggestive, celle-là même qui imitait Ertha Kitt chantant *C'est si bon*, en se tortillant.

— Il t'a demandé de me voir?

— Évidemment.

— Il te serait jamais venu à l'idée de rencontrer une mère de famille de LaSalle, c'est ce que tu veux dire? Réponds-moi pas, je te taquine. Comment est-il?

— Comme tu t'en doutes, très mal.

— Il boit?

— De plus en plus.

— Pourtant, il sait que c'est très mauvais pour lui!

— Il boit et il t'attend.

— Il m'attend?

— Comme jamais.

— Il peut toujours attendre ! Excuse-moi d'être aussi brutale, mais après ce qu'il m'a fait !

Elle raconte qu'il l'appelait en soirée, contre toutes les conventions, sachant fort bien que son mari était à la maison, pour l'embêter, la forcer à le revoir par intimidation. Les menaces succédaient aux supplications. Elle parle de lui sans aucune trace d'émotion, ne croyant pas qu'il puisse être désespéré. Ce n'était qu'une façon de plus de chercher à la toucher. Les derniers temps, il était devenu impossible, un fou, un obsédé, qui croyait que son amour l'excusait de tout.

— Il m'en a trop fait. Dès que je n'étais pas libre ou que je lui faisais la moindre petite remarque, il se fâchait. Tu sais comme je suis, j'ai pas la langue dans ma poche, on s'engueulait sans arrêt. Non, non, il y a rien à faire, je veux bien te parler à toi, mais à lui, non !

Julien croit entendre Mireille. On s'acharne encore sur Louis. Et si, pour calmer sa mauvaise conscience, dans une démarche qui lui était très familière, il s'était fabriqué une victime idéale, un homme détruit par l'amour ? Dans un mode où l'on ne songe qu'à soi, un homme, ouvrier par surcroît, se perdait pour l'amour d'une femme. N'était-ce pas là un sommet dans le lyrisme ? Louis devenait le symbole de toutes les oppressions, non seulement le travailleur bafoué mais l'amant injustement éconduit. Il avait entendu l'appel du sublime. On pouvait toujours l'avoir pour les bonnes causes, les femmes désespérées, les hommes éplorés. Pendant des mois, il s'était cru obligé de ne pas abandonner Laurence à sa solitude, comme s'il

pouvait vraiment être indispensable au bien-être de quelqu'un! Il était donc si vaniteux?

— Écoute, il m'a même frappée trois fois. J'ai commencé par l'excuser. L'alcool, la colère, bon, je veux bien
comprendre, mais il y a des limites. Puis je me suis mise à
avoir peur de lui. Il criait, il gesticulait, devenait tout
rouge, un vrai fou!

— Mais ça n'a pas toujours été comme ça?

— Bien sûr que non, j'ai des beaux souvenirs aussi.

C'est tout simple, j'ai épousé un pharmacien, il me
laisse souvent seule à la maison, c'est pas une raison pour
que je m'ennuie. Tu me fais rire, tiens, avec tes scrupules,
c'est pas sérieux. Tu as peur de trahir le peuple, mais mon
pauvre Julien, il se trahit lui-même constamment. Ce n'est
pas une vocation, ouvrier, ça prend un écrivain pour aller
chercher ces histoires-là. Moi, j'ai tout fait pour m'en sortir, j'y suis parvenue, à force d'application, avec méthode.
On s'en est sortis, pas vrai? C'est ce qui compte. Les Louis,
on les rencontre, on couche avec, mais il ne faut pas s'atta-
cher. D'ailleurs, c'est lui qui est venu me voir à la pharmacie, me parler du passé en me prenant les seins, comme
dans le bon temps, seulement le bon temps en question
était fini. Il comprenait pas ça, ton Louis, il vivait toujours
en 1950, avec son rock and roll, son *Brylcream,* sa taverne!
Pas de classe, dans la merde jusqu'au cou, aucune volonté
de se transformer. Mon erreur, le voir trop longtemps! Il
s'est imaginé des droits. Dès que les aventures cessent

d'être autre chose que des histoires de cul, il vaut mieux ne pas les poursuivre. Pourquoi aller jusqu'au drame, jusqu'aux appels désespérés? Nous voulons garder la paix, mon mari et moi. Il sait que je suis une petite baiseuse, qu'à quarante ans, je suis loin d'être calmée, au contraire. C'est avec Armand que je finirai ma vie, pas avec une nouille comme Louis! Ce qu'il a fallu que j'aime ça avoir un sexe entre les deux jambes, un sexe bien vivant, long et dur, pour le supporter si longtemps. Après l'amour, il était calme, il me racontait des choses touchantes, et c'était beau de le voir si amoureux, si tendre, mais ses colères!

— Il était pas un cadeau, tu sais. De moins en moins. Je peux le dire seulement à toi, on était trop différents. Juste la question d'argent, par exemple. Il y a des soirs où j'avais des robes sur le dos qu'il aurait pas pu me payer avec trois jours de travail! Même sa façon de parler me gênait parfois, pourtant je suis capable d'en prendre.

— Vous vous êtes vus longtemps, cependant.

— Quatre ans à peu près.

— Je croyais que c'était bien davantage.

— Si on compte le temps où il m'a couru après, peut-être.

— Même quatre ans, c'est long avec quelqu'un qui ne te convient pas, tu ne trouves pas?

— T'es méchant, on voit bien que tu l'as pas supporté comme moi. En fait, tu l'as un peu mis de côté, non? Il m'en parlait souvent.

— Un bon point pour toi. Je l'ai en effet négligé.

— Écoute, on va pas se crêper le chignon, quand même ! Ce que t'es venu me dire, c'est que Louis m'aime toujours, qu'il veut que je le revoie. C'est charmant, je suis touchée, émue, mais je ne voudrais pas de lui, même s'il était à jeun depuis six mois. Je l'ai rayé de mon souvenir, je me sens coupable de rien à part ça !

— Au moins, c'est sans équivoque.

— Tu peux tout lui dire, il va peut-être cesser de m'espionner ! Je me retiens d'appeler la police.

— Et Michel ?

— Il t'a parlé de lui aussi ? Je suppose qu'il t'a dit qu'il était son fils, que je l'empêchais de le voir ? C'est lui qui s'est mis cette idée dans la tête, il est sûr que c'est son enfant, qu'il lui ressemble. J'ai jamais été aussi sûre, moi ! Et pourquoi ça ne serait pas mon mari, le père ?

— Pour toi, l'épisode Louis est terminé.

— Et comment ! Sois pas trop sévère, je suis pas si méchante, je veux tout simplement un peu de paix. La vie est trop courte. Écoute, si t'as rien à faire ce soir, viens à la maison. Mon mari reçoit des amis. Ils sont un peu barbants, mais nous deux, on pourra se parler. C'est drôle, dans le temps, tu m'impressionnais, je te sentais toujours absent. Comment ça se fait ? Veux-tu un autre scotch ? Il paraît que tu voyages beaucoup ? J'aimerais tant ça, faire comme toi. Connais-tu un bon hôtel à Rome ? On y va, l'été prochain.

Ils étaient tous les trois à la cuisine pour ce repas qui marquait le départ de Julien. Nicole s'efforçait de sortir de sa tristesse, parlait de Buñuel, de ses obsessions. Parfois, la nuit, elle revoyait avec frayeur des scènes entières de ses films, *Viridiana* surtout. Mireille lui conseillait, en riant, de se cacher sous les couvertures. Elle semblait si jeune, Mireille, dans une robe que Julien venait de lui offrir ! Aucun cerne sous les yeux, les rides discrètes, le rire franc. Pour être dans la note, elle se crut obligée de parler du *Dernier tango à Paris* qu'elle avait vu, la veille. Nicole semblait sa sœur cadette. Trente ans, Nicole avait trente ans ! Jamais comme ce soir-là, il ne s'était aperçu du passage du temps chez les autres. Habituellement, c'était en lui qu'il retraçait les signes d'usure. Ils glissaient tous les trois vers la mort à une vitesse vertigineuse. Le visage de Mireille s'émaciait, celui de Coco avait de nouvelles rondeurs, mais le résultat serait le même. Julien faisait tout pour que le repas s'éternise. Nicole se versait un second verre de cette eau-de-vie de poire qu'il avait achetée à son intention. Pendant combien de temps encore sa mère pourrait-elle penser à son passé qui lui paraissait si proche? Ou raconter ces histoires qui le représentaient enfant? Il y avait à peine quelques années il y aurait songé avec attendrissement, ayant en tête quelque vague projet, un livre à faire ou un voyage. En ce moment précis, il ne voyait que l'effritement de ces deux femmes autour de lui, en ressentait une horreur indicible. Retournant chez Mireille, il avait cherché la source du seul réconfort qui lui fût possible. Tout est si fragile. Un seul mouvement et vous basculez dans le néant. Fallait-il que Louis fût désemparé pour qu'il s'adresse à lui! À quarante ans, cherchant et fuyant à la fois la solitude, il n'avait pourtant rien pour inspirer confiance. La vérité n'était-elle pas que les gens attendaient très peu de lui ou des autres? Ils se contentaient d'une apparente disponibilité. Combien de temps encore avant qu'il doive prendre en charge sa mère? Il ne faillirait pas à ses devoirs alors, lui donnerait la main, la gronderait lorsqu'elle ferait des abus, mais quelle présence solliciter pour le soutenir, lui? Encore chanceux: plus positive assurément que lui, lorgnant vers l'avenir, comme si elle allait vivre cent ans. Du moins, c'était ce qu'il s'imaginait, ne pouvant accepter que sa mère eût au même degré que lui le vertige de la mort. Il fallait que la sérénité de Mireille fût totale. Car autrement disparaissait l'une des rares certitudes qu'il ait possédée. Tout n'était pas perdu tant que subsistait à Côte-Saint-Paul une femme qui s'appelait Mireille. Ce n'était que lorsqu'elle prononçait des anathèmes contre son frère qu'elle lui paraissait momentanément étrangère, lointaine.

— Tu nous quittes demain? Tu n'as pas changé d'idée, pour une fois?

Nicole a le fou rire. Trop d'eau-de-vie.

— Ma petite sœur, l'appartement est loué.

— Quand tu seras trop seul, tu pourras toujours revenir chez ta mère. Ou m'appeler, si tu as de la poire Williams! À moins qu'une bonne femme se laisse convaincre de vivre avec toi!

— T'en fais pas, ce n'est pas pour demain.

— Et si Laurence revenait?

— Ça m'étonnerait.

— Une rupture définitive, vraiment définitive?

— Tout ce qu'il y a de plus définitif.

— Mon frère, je ne te croyais pas capable de cela!

— Moi non plus.

— C'est donc elle qui a décidé? Bravo! Pour une fois que c'est pas un homme qui part. Louis et toi, vous êtes deux victimes de la répression féminine.

— Nicole, tu sais que ça va tourner mal! dit Mireille, craintive.

— Laisse-la, ça la défoule. Laurence est partie, c'est tout. Je ne sais même plus si j'en ai de la peine. Il est bien possible que je la supplie de revenir, que je me couche sur des rails pour l'implorer, mais pour l'instant, je n'éprouve qu'un sentiment qui ressemble à de la paix.

— Tu as terminé ton voyage de retour, tu repars à la conquête du vaste monde! Mon frère est en orbite, attention!

— Nicole!

— Maman, je n'ai plus dix ans! Tu ne vois pas qu'il adore se laisser bousculer? Quand il n'en peut plus, il vient se réfugier auprès de sa maman. Ses forces retrouvées, ça ira pour quelque temps. N'est-ce pas, mon petit Julien?

— Je ne savais pas que tu me connaissais à ce point.

— Pas sorcier, tous les hommes sont pareils.

— Pour une fois que je suis comme les autres!

— Ta distinction, c'est d'écrire.

— Justement, j'allais vous l'annoncer…

— Tu vas te remettre à écrire? Ce n'est pas la première fois que j'entends ça, mais ça fait plaisir. Et quoi donc? Un autre roman psychologique? Un décalque de Claude Simon, un roman rural, une fresque sociale?

Nicole se moque de lui. Il se sent porté par une chaleur qui le réconforte. Comme il a insisté tout à l'heure pour qu'ils mangent à la cuisine! Le décor ressemblait tant à celui qu'il avait connu, enfant. Il ne reconnaissait plus que les objets, Nicole se transformait de plus en plus en une inconnue et Mireille se retirait petit à petit de la vie.

— Pourquoi tu n'écris pas sur nous? Ton dernier roman, je te l'ai dit, ne m'a pas tellement emballée! Tes hantises, on les connaît, le monologue intérieur, on sait trop ce que c'est, James Joyce, c'est dépassé maintenant!

Mireille veut arrêter Nicole de nouveau. Plutôt que d'obtempérer, la petite sœur vide son verre d'un trait en clignant de l'œil.

— Et ça va s'appeler comment?

— Les titres, tu sais…

Les salons funéraires, je les évite. Mes amies meurent, à mon âge c'est fréquent, je ne bouge pas, incapable de faire semblant. Mais pour Louis, non, je ne pouvais pas m'abstenir. Si jeune, quarante ans, c'est vrai qu'avec l'alcool, un homme ne peut pas tenir. Mort avant même que Julien puisse lui parler. Il est vrai que ça l'aurait pas aidé. Mort après s'être battu ! Cette maudite Marianne dont il s'était amouraché ! Aussi bien tomber amoureux de la reine d'Angleterre ou de Catherine Deneuve. Il s'imaginait qu'elle l'aimait, le pauvre enfant ! Une fille comme elle aime personne. Je l'ai jamais digérée, celle-là, je la connais depuis si longtemps, une agace-pissette, oui, ça on peut le dire, toujours à se tordre le cul en marchant, parfumée plus qu'il ne le faut, le Chanel, elle l'a gratis ! Elle est venue, cet après-midi, habillée sobrement pour une fois, les seins couverts, donnant la main à tout le monde, s'imaginant peut-être de la famille, croyant que nous ne savions pas le rôle qu'elle avait joué. À la voir se promener entre les groupes, on aurait dit une femme de député, des sourires, des petites phrases gentilles. Facile à deviner qu'elle l'a torturé, la petite putain de luxe. Quand elle s'est approchée du cercueil, les larmes se sont mises à couler. Julien l'a saluée très froidement. Il sait des choses qu'il n'a pas racontées, c'est évident. La vache ! Elle me fait sentir encore plus coupable de ne pas l'avoir reçu à la maison, les deux dernières années. Elle porte plus à terre depuis qu'elle a trouvé son pharmacien. Dans les premiers temps, elle était moins fière, elle servait au comptoir. On pouvait l'engueuler si elle se trompait en nous donnant nos pilules. C'est là qu'elle l'a eu, son mari, un grand imbécile qui avait la chance d'être né après son père. Du jour au lendemain, elle est devenue prétentieuse, elle nous regardait plus. Il fallait que Louis soit un beau garçon pour qu'elle s'occupe de lui. D'habitude, ça lui prend au moins un docteur ou un avocat. Je lui aurais craché au visage, son visage peinturé, je l'entends encore s'adresser à Rita comme si elle était son inférieure. Avec Rita, c'est facile, elle a toujours peur ! Non, mais ! son sourire trop poli, on n'est pas ses servantes après tout ! Je n'ai pas été tendre pour le pauvre Louis, est-ce que je pouvais deviner qu'il partirait si tôt ? J'ai de la peine, pas autant que Rita, elle est effondrée. C'était un peu son garçon. Vers la fin, je voulais l'inviter à la maison, pour faire plaisir à Julien, j'ai pas eu le temps ! Quand il voyait une bouteille, il savait pas se contrôler, il fallait qu'il se rende au bout. Il devenait si collant, nous embrassait dans le cou, sur la bouche, une vraie teigne. Quand on résistait, il se fâchait, disait qu'on était des Anglaises, des blocs de glace. Rita doit s'en vouloir de l'avoir mis à la porte, se dire qu'elle aurait dû convaincre Charles d'être plus patient.

L'air qu'il a celui-là, le teint plus blanc que d'habitude, on dirait qu'elle l'écrase de sa douleur, on le voit plus. Julien parle à personne, se contente de sourire dans le vague, de serrer les mains des gens qu'il connaît pas, il a jamais tellement fréquenté la famille. De temps à autre, il jette un coup d'œil au cercueil, l'air perdu. Lorsqu'un compagnon de travail de Louis est venu, tout à l'heure, un colosse, un peu gauche, il l'a amené au fumoir. Je me demande ce qu'il a pu trouver à lui dire. Il m'inquiète. J'aime pas qu'il vive seul. S'il retombait dans sa dépression, sait-on jamais. Ça m'arrivera jamais, je suis trop active, j'ai trop de choses à faire, mais lui! Il demande qu'à être seul pourtant. Hier soir, à la maison, après la soirée passée au salon funéraire, il m'a dit doucement qu'il voulait pas me parler. J'ai pas insisté. Qu'est-ce que j'aurais dit? J'ai beau lui répéter que le médecin l'avait condamné depuis des mois, ça arrange rien. La réaction de Nicole a été plus normale, elle a éclaté en sanglots, dix minutes après elle était raisonnable. Julien préfère se ronger les sangs, marcher comme un ours en cage. Il m'en voudra peut-être, mais tout à l'heure, j'ai téléphoné à Laurence. Je savais qu'elle serait polie, elle l'est toujours, mais elle aurait pu refuser de venir, elle a sûrement souvent souffert à cause de lui, de ses sautes d'humeur. Elle a hésité, très peu, elle sera ici bientôt. Comment la recevra-t-il? J'ai pas osé le prévenir, j'ai trop peur de sa réaction. Il a l'air tellement survolté, à cause de cette maudite Marianne, c'est sûr. J'ai entendu leur conversation, tout à l'heure, elle parle si fort.

— Tu as dû me trouver plutôt dure, l'autre jour?

— Un peu, oui.

— C'était une façon de me défendre, c'est tout. Je savais pas pourquoi tu venais me parler après tant d'années.

— Tu dois te sentir libérée maintenant qu'il est mort ?

— Qu'est-ce que tu veux dire ?

— Tu es venue constater le décès, non ? Comme tu vois, c'est bien vrai. Et même pas causé par la cirrhose ! Battu à mort dans une ruelle. Je te mets au courant parce que tu fais un peu partie de la famille, même si ça ne te plaît pas.

— Non, mais qu'est-ce qui te prend de me juger ? Si je suis ici, c'est que j'avais encore beaucoup d'attachement pour lui, c'est tout. Essaye pas de jouer au pur, Julien, il est trop tard. T'imagines-tu que Louis t'en voulait pas de l'avoir laissé tomber pendant des années ? Il se demandait souvent si tu l'avais pas oublié. Comme moi, t'es de passage ici, c'est pas ton monde. Essaye pas de te raconter des histoires !

Départ en flèche, offusquée, on la remarque, la femme du pharmacien, pensez donc, s'en fout, ne pense qu'à franchir le seuil de la porte, puis monter dans sa Mustang, elle peut courir quant à moi, bon débarras, on va être entre nous, pas de cœurs secs, de gens prétentieux qui pètent plus haut que le trou, qui veulent nous faire la leçon. Avec Laurence, c'est pas pareil. Elle parle pas comme nous autres, mais elle cherche pas à nous impressionner ou à nous humilier, elle serait même du genre à se déprécier pour nous mettre à l'aise. Si Julien pouvait encore ouvrir les yeux! Le pauvre fou, il oublie qu'il a une chance extraordinaire, que cette femme est ce qu'il peut attendre de mieux dans la vie, regardez-la qui entre, si délicate, un vrai mannequin! Il vient de l'apercevoir, se dirige vers elle, ne semble pas contrarié. Pourvu qu'il ne m'en veuille pas!

— Toi ici? Comment sais-tu? C'est Mireille qui…?

— Un secret…

— Tu ne croyais pas me revoir, n'est-ce pas?

— Je ne sais plus.

— Nous nous sommes laissés si brusquement, l'autre soir.

— J'étais folle, j'avais peur…

— Il ne faut pas avoir peur de moi, Laurence, je suis trop inoffensif.

Ce qu'il a l'air bon, quand il lui parle! On dirait jamais qu'il peut être si violent parfois. Quand il était jeune, il m'inquiétait avec ses colères terribles, ses idées saugrenues. À vingt ans, il s'est mis à étudier le communisme, à prétendre que nous étions des exploités à Côte-Saint-Paul. Un jour, nous devrions nous emparer de la Dominion Textile, des Steinberg's, des presbytères. Je faisais semblant de m'amuser de ses idées, mais j'avais peur qu'il ait des histoires avec ses idées de révolution. Quand je lui rappelais que lorsqu'on est valet on n'est pas roi, il me lisait des pages entières pour me prouver le contraire.

Il m'a presque frappée, la fois où j'ai prétendu devant lui que les pauvres l'étaient souvent par leur faute. Je nous donnais en exemple, je parlais de notre maison que j'ai réussi à payer de peine et de misère, il ne m'écoutait même pas. Il prétendait que tout est à tout le monde, que la propriété, ça existe pas. Dans le sous-sol, des fois, il tenait des réunions devant une photo de Staline. Avec les années, il est devenu plus raisonnable, ne s'occupe plus de politique, c'est mieux comme ça !

— Ta mère nous regarde.

— Je sais, depuis le début.

— Elle nous entend aussi. Ça ne t'embête pas ?

— Moi, non.

— Je suis heureuse d'être avec toi. Tu me parais presque calme. Je craignais de te voir dans un état épouvantable.

— Tu as raison, je n'ai jamais été moins tendu.

— Tu m'excuses, un moment ?

Elle se dirige vers moi. De plus en plus belle, de la distinction. C'est la femme qu'il faut à Julien. Je me souviens qu'il nous trouvait un peu gauches à table, ma cuisine était trop simple, les meubles étaient pas à son goût. Parfois, il me le disait, sans vouloir me blesser, mais j'étais devenue craintive. Les journaux que nous achetions étaient jamais ceux qui trouvaient grâce à ses yeux, mal écrits, capitalistes. Dans la guerre de Corée, mon mari prenait position pour les États-Unis, Julien se taisait. Si renfermé, le pauvre enfant, on aurait dit un séminariste. Et puis il finissait par éclater, des querelles violentes, des paroles irréparables. Il s'intéressait si peu aux filles, à ce moment-là, s'enfermant dans sa chambre pour lire. Il se contentait d'une sortie par-ci par-là, je me souviens d'une fille qui courait après lui. Toujours un livre à la main, distant, pas de chaleur, ne me serrait jamais contre lui, j'aurais été trop heureuse ! Dans ma famille, nous étions souvent en train de nous caresser, de nous embrasser à la moindre occasion. Ça doit pas être facile de vivre avec lui, un sauvage, je dois bien l'admettre. Il peut dire qu'il m'a fait peur avec ses attitudes de désespoir, son pessimisme.

— Vous m'en voulez pas trop, Laurence ?

— Mais non, je ne vous en veux pas.

— Il est tout transformé depuis votre arrivée.

— Il aimait beaucoup votre frère.

— Julien aime seulement les gens malheureux.

— Il s'en voulait de l'avoir négligé.

— Ça, c'est du Julien ! Il oublie que c'est Louis qui l'a laissé de côté. Il trouvait qu'il était pas assez déluré, je me souviens très bien !

Je suis né près d'un parc. Tout autour, des logis d'ouvriers, ni beaux ni franchement laids. Il y a même quelques demeures bourgeoises. Vers 1940, ce devait être le résultat d'une certaine promotion sociale que d'y habiter. On regardait de très haut ceux qui vivaient dans une rue perpendiculaire à la nôtre, dont les maisons, paraît-il, étaient infestées de rats et de vermine. La misère y régnait, les enfants d'une saleté qui faisait mal au cœur, les femmes enceintes expulsées de leur foyer par un mari ivre ou un propriétaire avide, les visites fréquentes de la police. Les arbres du parc ont grandi, le parc lui-même est devenu un îlot de verte solitude, on y ressent un calme petit-bourgeois. Il ne doit pas être déplaisant d'y passer des bouts d'après-midi sur un banc quand on est vieux et qu'on a souffert de vivre. À l'école, une infirmière venait nous parler d'hygiène, je la revois, immense, le teint rose, l'air rieur. Combien d'entre vous se sont brossé les dents ce matin? Trois sur quarante, faudra faire mieux, c'est important d'avoir de belles dents! Trois sur quarante, c'est le pourcentage de ceux qui se sont libérés des contraintes du milieu. On ne se libère que seul, et temporairement, on n'entraîne jamais sa classe avec soi. Je me suis éloigné de mes seules réalités, je refuse l'autre ordre, celui des possédants, je ne sais plus où me percher, je suis de nulle part. Rita, sa bonté qui éclate dès qu'on lui parle, oh! je suis civilisé, je sais faire la conversation, elle doit me trouver très peu fier, très liant même, je cherche à ne pas la heurter! Il faut faire attention avec les ouvriers, ce sont eux, les véritables délicats. Mais je ne me révèle pas à elle, ce n'est pas possible, notre conversation est un jeu superficiel, mondain. Les parcelles de ma vérité, ce que je crois être vraiment, c'est à d'autres que je les confie, bribes par bribes, m'imaginant parfois parler d'un inconnu. La vie est impitoyable pour les rêveurs. Avec quelle allégresse j'ai quitté le quartier, jadis, voulant, sans me l'avouer, l'enterrer au fond de ma conscience. Des principes, j'en avais, ayant même conçu le projet d'une vie consacrée à la libération de la classe ouvrière. Mais de loin. Mon domaine, c'était les idées. Le quartier abandonné, une étape franchie, ouf! Maintenant tout se dérobe. Chez Louis, ce n'est même pas l'être humain que je cherchais, l'ouvrier, l'ami, mais l'être marginal, l'être d'exception. Lui non plus, il n'était pas de Côte-Saint-Paul, vivant dans un rêve, ivre même sans alcool. Je ne reconnais plus les lieux, ai-je même été jeune quelque part? Plus de mémoire, je n'ai plus de mémoire, le passé s'éloigne de façon inexorable, même Laurence me semble de plus en plus un souvenir lointain, la passion entre nous est abolie, jusqu'où irai-je?

— Regardez, Laurence, comme il semble perdu tout à coup. Nicole vient de lui parler, il n'a rien entendu.

— J'ai l'habitude, vous savez.

— Si au moins nous pouvions nous dire qu'il n'est que distrait.

— Nous savons qu'il se torture.

— Et qu'il torture les autres, je sais ce qu'il vous a fait.

— Il avait besoin de solitude et moi, j'en avais trop.

— Mais où est-il passé?

— Il n'est plus là?

— Il m'a semblé que son air changeait. Vous allez peut-être trouver que j'exagère, mais il m'inquiète.

— Il est peut-être au fumoir. Laissons-le en paix. Je crains toujours de l'indisposer. Il a peut-être besoin d'être seul.

— Oui évidemment, c'est possible.

Nicole survient, visiblement troublée. Elle se penche à l'oreille de sa mère:

— Je viens de voir Julien. Je me demande ce qu'il a. Il courait comme un fou, l'air complètement parti. Je lui ai demandé où il allait, il ne m'a pas répondu. Je l'ai vu passer en auto à une vitesse ! Il t'a rien dit ? Pauvre Laurence, il va pas recommencer à la torturer ! Non, mais si tu lui avais vu l'air !

Petite histoire de La Fuite immobile

J'aurai cinquante ans dans quelques mois. Ce dimanche matin de mai, terré dans mon cabinet de travail, j'essaie de revoir mon adolescence. Mon fils joue de la guitare. Il ne se passe pas une journée sans que je m'interroge sur lui. N'est-il pas trop malheureux? Pourquoi me suis-je mêlé de le lancer dans la course (inutile) de la vie?

Je n'arrive pas facilement à recréer les années qui précédèrent ma vingtième année. L'enfance ne me cause pas de problèmes, mais dès ma quatorzième année j'ai fait appel à l'oubli, au rêve. Je me souviens pourtant d'un jeune homme précocement mûri, inapte au bonheur, déguisant comme il le pouvait ses naïvetés en ironies sûrement inoffensives. La littérature et la musique étaient mes passions. J'ai lu avec une avidité que je n'ai plus depuis longtemps. Lecteur distrait, lecteur pressé, je voulais apprendre le plus rapidement possible comment se faisait un livre afin d'en écrire un à ma façon.

Vivant en milieu ouvrier, je n'ai jamais souffert de privations de quelque ordre. Si j'avais la fierté des origines, j'avais également le désir farouche de vivre en marge. Fils de bourgeois, je serais devenu révolté. Ayant un père petit fonctionnaire, j'eus rapidement mauvaise conscience d'être celui qui se destine à une profession, à une manière de vivre, à des attitudes culturelles et sociales qui ne sont pas celles de ses parents. Il n'était pourtant pas question de modifier mon orientation. L'absurde de la vie que je percevais avec autant d'acuité à vingt ans qu'aujourd'hui me commandait d'opter pour la solitude. Seule la solitude peuplée d'une femme, de quelques rares amis pouvait me permettre de survivre sans trop de mal.

L'idée de La Fuite immobile, je l'ai eue à vingt ans. Elle est née du désir de concilier la volonté de distance qui m'a toujours habité et la gêne que je ressentais d'être malgré tout privilégié.

Je ne dirai pas le nom de celui qui me racontait ses aventures. Il a le droit à l'anonymat. N'ayant pas encore l'âge que j'ai maintenant, il me paraissait vieux. À trois ou quatre heures du matin, une clé ouvrait la porte du magasin d'alimentation où je travaillais depuis minuit. Le compagnon qui me rejoignait avait déjà beaucoup bu. Une bouteille de bière à la main, il me parlait d'une enfance moins rose que la mienne, d'une vie qui ne ressemblait pas à celle que j'aurais plus tard. Je tiquais parfois au récit un peu trop cru qu'on me faisait, mais j'aimais ces histoires qui venaient d'ailleurs. J'ajoutais les miennes qui venaient des livres. On m'écoutait en se disant probablement que j'apprendrais. Je prenais mentalement des notes. L'oncle vivait encore qui m'a servi de modèle pour le roman. Le personnage que l'on trouve dans le roman vient de l'amalgame du compagnon de travail et du frère de ma mère que j'avais connu enfant (et beaucoup estimé).

Lorsqu'à l'aube je marchais jusqu'à la maison de mes parents, l'esprit un peu lourd des quelques bouteilles que j'avais ingurgitées, je me disais qu'après quelques heures de sommeil je pourrais me mettre à écrire pour de bon. Alors le salut ne pouvait venir que par la littérature. Mon confident pourrait ainsi avoir une plus grande audience.

En somme, je ne me prenais pas pour n'importe qui.

G. A.
Juin 1982

MISE EN PAGES ET TYPOGRAPHIE :
LES ÉDITIONS DU BORÉAL

ACHEVÉ D'IMPRIMER EN JANVIER 2000
SUR LES PRESSES DE L'IMPRIMERIE AGMV MARQUIS
À CAP-SAINT-IGNACE (QUÉBEC).